문학과지성 시인선 573

낫이라는 칼

김기택 시집

문학과지성사

문학과지성사에서 펴낸 김기택의 시집

태아의 잠(1991)
바늘구멍 속의 폭풍(1994)
소(2005)
갈라진다 갈라진다(2012)

문학과지성 시인선 573

낫이라는 칼

초판 1쇄 발행 2022년 9월 27일
초판 2쇄 발행 2022년 10월 13일

지 은 이 김기택
펴 낸 이 이광호
주 간 이근혜
편 집 윤소진 김필균 이주이 허단 방원경 유하은
펴 낸 곳 ㈜문학과지성사
등록번호 제1993-000098호
주 소 04034 서울 마포구 잔다리로7길 18(서교동 377-20)
전 화 02)338-7224
팩 스 02)323-4180(편집) 02)338-7221(영업)
전자우편 moonji@moonji.com
홈페이지 www.moonji.com

ISBN 978-89-320-4051-6 03810

문학과지성 시인선 573

낫이라는 칼

김기택

시인의 말

아직 쓰지 않은 시, 어딘가 숨어 나를 기다리고
있을 것 같은 시를 생각한다. 그동안 내가 쓴 모든
시가 부끄러워지는 순간을 생각한다.

2022년 9월
김기택

낫이라는 칼

차례

1부

구석

다 열려 있지만 손과 발이 닿지 않는 곳
비와 걸레가 닿지 않는 곳
벽과 바닥 사이로 들어가 나오지 않는 곳
하루 종일 있지만 하루 종일 없는 곳
한낮에도 보이지 않는 곳
흐르지 않는 공기가 모서리 세워 박힌 곳

오는 듯 마는 듯 날개 달린 먼지가 온다
많은 다리를 데리고 벌레가 온다
바람과 빛이 통하지 않는 습기와 냄새가 온다
숨어 있던 곰팡이가 벽을 뚫고 돋아난다

아기 손가락이, 어느 날, 만져본다
문이 없어도 아무도 들어가지 않는 곳
후벼본다 긁어본다 빨아본다
엄마가 없어도 튼튼하고 안전한 곳
머리를 넣어본다 누워본다 뒹굴어본다
손가락으로도 꽉 차지만 온몸이 들어가도 넉넉한 곳

강아지가 꼬리를 흔드는 힘

다리가 있는지도 모르고 뛰는 강아지
눈이 있는지도 모르고 쳐다보는 강아지
꼬리가 있는지도 모르고 흔드는 강아지

아직 이빨이 되지 않은 이빨은 순하고
아직 발톱이 되지 않은 발톱은 간지럽다

머리를 쓰다듬으니 강아지가 꼬리를 흔든다
멀리서 나무들도 덩달아 가지를 흔든다
머리에서 나무로 이어진 긴 등뼈가 보일 것 같다

뛰고 흔들고 달려드는 힘들이 솟아나
산에는 나무들이 가득하다
발톱 달린 뿌리들이 땅속을 달리는 소리 들린다

머리와 꼬리 사이 머리와 산 강 하늘 사이
등뼈들이 돌아다니는 모든 길이
내 다리를 타고 올라와 꼬리뼈를 흔든다

하늘이 와서 강아지 눈을 닦아준다
나뭇잎 바람이 와서 표정을 간질여준다
햇살이 와서 발바닥을 드높이 올려준다

야생 2

검은 덩어리가 뛰어 들어간 곳을 보니
골목길은커녕
주먹 하나 들어갈 공간도 없다
벽만 있다
그 벽의 균열 하나가
미처 감추지 못한 꼬리가 보일 것 같은
틈으로 쳐다보고 있다
전봇대에 발이 달려 있는 것 같은데
쳐다보면 없다
틈이 없는 것 같은 담 밑으로
털가죽 달린 쥐구멍이 들어가고 있다

심장이 제 박동을 죽이며 웅크리고 있다고
가끔 지붕이 운다
맨홀이 운다

화분이 갑자기 꿈틀거린다 싶더니
막 사라지는 네발이다
보도블록이 물결친다 싶더니

어슬렁거리는 줄무늬다

쓰레기가 저절로 터져 나온다 싶더니

찢어진 쓰레기봉투에서

돋아나는 발톱이다

어둠에 빛이 새어 나온다 싶더니

빛 구멍 뚫린 눈알이다

구불구불한 골목을 혼자 걸어갈 때면

가끔 뒤통수가 운다

발밑이 운다

눈

바람을 타고 흰 발바닥들이 뛰어다닌다.
고양이에서 등뼈와 다리를 뺀 탄력이 날아다닌다.
고양이에서 발과 발톱을 뺀 발짓이 날아다닌다.
고양이가 생기기 전부터 있었던 가벼움이
고양이 몸을 떠난 후에도 없어지지 않는 가벼움이
허공에다 제 몸을 마구 휘갈긴다.
얼마 전까지 고양이였다가 이제 막 고양이를 벗어던진 것이
처음 입은 이상한 몸을 못 참겠다는 듯
반쯤 기화된 발로 허공에 발길질한다.
제 가벼움 몸 없음 투명함이 근질근질하다는 듯
추위 돋친 발톱으로 허공을 할퀸다.
고양이에서 다 벗어났는데도
아직 고양이를 버리지 못해 제 꼬리를 쫓아 빙글빙글 돈다.
공기조차 답답하고 가벼움조차 무거워
떨어지다 말고 어리둥절 머뭇머뭇 갸웃갸웃 서성거린다.
헤매다 돌다 마지못해
떨어진다.

사뿐,

땅에 닿자마자 발바닥들 녹는다.

녹아 동그랗게 스며드는 발자국들 찍힌다.

조금씩 지워져가는 땅바닥은 느닷없이 가벼워져서

어쩔 줄 모르다 사라지고

(땅 밑에 눈 내리는 또 다른 허공이 있을 것만 같다.)

흰 고양이 등 같은 발바닥들만 남는다.

어미 고양이가 새끼를 핥을 때

입에서 팔이 나온다.
세상의 모든 위험으로부터
연약한 떨림을 덮는 손이 나온다.
맘껏 뛰노는 벌판을
체온으로 품는 가슴이 나온다.

혀가 목구멍을 찾아내
살아 있다고 우는 울음을 핥는다.
혀가 눈을 찾아내
첫 세상을 보는 호기심을 핥는다.
혀가 다리를 찾아내
땅을 딛고 일어설 힘을 핥는다.
혀가 심장을 찾아내
뛰고 뒹구는 박동을 핥는다.

혀가 나오느라 꼬리가 길다.
혀가 나오느라 귀가 빳빳하다.
혀가 나오느라 발톱이 날카롭다.

아기 앞에서

아직 제가 태어나지 않은 것 같은 표정으로
몸이 생겼는지 모르는 것 같은 눈으로
유아차에 앉아 있던 아기가

내 눈과 마주친다, 순간
아기가 다칠 것 같다
내 눈빛에서 튀어 나가는 이빨과 발톱을
어떻게 눈알에 붙들어 매야 하나 난감하다

자신을 방어할 어떤 몸짓도 하지 않고
아기는 편한 자세로 앉아 있다
끊임없이 뭔가를 방어하고 있던 내 두려움도
아기 앞에서 다 들켜버린다

꽉 쥐고 있던 주먹이 풀리고 관절이 연약해지며
내 안에서 조용히 무너지는 것이 있다
혀에 가득한 말들은 발음을 잃고
표정은 뭘 해야 할지 몰라 입 벌리고 멍해진다

아기는 엄마라는 발음으로 운다

울음이 입을 열 때마다
엄마가 동그랗게 새겨지는 입술
엄에 닫혔다가 마에 열려서
울 때마다 저절로 나오는 말 엄마

아기가 태어날 때
아기 울음과 함께 태어난 말 엄마
첫울음에서 나온 첫말 엄마
입보다 먼저 울음이 배운 말 엄마
아무리 크게 울어도
발음이 뭉개지지 않는 말 엄마

울음에 깊이 빠져 있을 때
아기는 엄마가 있는 곳을 아는 것 같다
엄마 찾는 길을 아는 것 같다
지치지 않고 나오는 울음을 다 뒤져서
나기 전부터 제 몸에 새겨진
엄마를 찾아내는 것 같다

울음이 몸을 다 차지하면
아기는 노래하며 노는 것 같다
엄마 심장 소리를 타고 노는 것 같다

우는 동안은 신났다가도
울음이 그치면 아기는 시무룩해지고
엄마라는 말만 입술에 덩그러니 남는다
울음이 더 남아 있다고
딸꾹질이 자꾸 목구멍을 들이받는다

강아지는 산책을 좋아한다

산책로 여기저기에 코를 들이대다가
수상한 구석과 풍부한 그늘을 콧구멍으로 낱낱이 핥다가
팔이 잡아끄는 목줄을 거스르며
냄새 속의 냄새 속의 냄새 속으로 빠져들다가
애기야, 어서 가자, 안 가면 코만 떼어놓고 간다
엄마가 사정해도 꿈쩍도 하지 않고 코를 박고 있다가

냄새에 붙들려 코가 빠져나오지 못하고 있다
목줄이 아무리 세게 목을 잡아당겨도
냄새에 깊이 박힌 코는 뽑혀 나오지 않는다

콧구멍으로 이어진 모든 길을 거칠게 휘젓는 냄새에
코가 꿰어 끌려 들어간다
수천수만의 코와 꼬리가 뛰어다닐 것 같은 곳으로
이름과 표정과 살아온 내력과 가계와 전생까지
한 냄새로 다 투시하는 코들이 있을 것 같은 곳으로
냄새를 향해 뻗어 내려간 뿌리들의 끝이 보일 것 같은 곳으로

네 발바닥 질질 끌리며 끌려 들어간다

냄새는 점점 커지고 사나워진다
좁은 틈으로 수축했다가 동굴처럼 늘어나는 기다란 구멍이
벌름거리는 콧구멍을 삼키고
콧구멍에 매달린 머리통과 몸통까지 다 삼켜버릴 기세다
어디까지 들어갔는지 몸통은 보이지 않고
남아 있는 꼬리만 풀잎 사이에서 살랑거리고 있다

도와주세요! 냄새에 물린 우리 애기 코 좀 빼주세요!

털이 날리고 지저분해지기에

풍성한 털을 깎고 나니
몰티즈가 터무니없이 앙상하다
갓 태어난 놈 같다
처음 입어봐서 몹시 갑갑한
제 알몸을 벗으려는 듯
목과 다리를 맹렬하게 비튼다
제 것이 아닌 벌거벗은 몸을
어디다 숨겨야 할지 몰라
울 것 같은 눈빛이다
가죽이 다 벗겨졌다고
내장이 곧 쏟아져 나올 것 같다고
놀란 발바닥으로
두리번두리번 뛰어다닌다
희고 보드랍고 통통한 제 몸을
어디 감췄느냐고 묻는 듯
어서 찾아달라는 듯
제 주인을 간절하게 쳐다본다
모서리에 웅크리고 있는 모서리
구석에 숨어 있는 구석마다
콧구멍을 들이대고 킁킁거린다

2부

낫

안쪽으로
날이 휘어지고 있다

찌르지 못하는
뭉툭한 등을 너에게 보이면서
심장이 있는
안쪽으로 구부러지고 있다

팔처럼
날은 뭔가를 껴안으려는 것 같다
푸르고 둥근 줄기
핏줄 다발이 올라가는 목이
그 앞에 있다

뜨겁고
물렁한 것이 와락 안겨올 것 같아
날은 몸을 둥글게 말아
웅크리고 있다

오지 않은 슬픔이 들여다보고 있을 때

급히,
멈춘 전동 휠체어가
갑자기 나타난 계단 내리막길을 쳐다보고 있다

어떻게 내려갈까
눈과 목이
계단과 휠체어 바퀴를 번갈아 살펴보고 있다

내려갈 생각을 하기도 전에
심장은 엉덩이에서 쿵쾅쿵쾅 흔들린다
아직 내려가지 않았는데도
머리통과 팔다리는 벌써 굴러가다 넘어지고 있다
계단 모서리에서 미리 튕겨 나간 숨소리는
불규칙한 직각이다

벌떡
일어나 뚜벅뚜벅 걸어 내려가는 발이 보이는
평범한 계단 길
둥근

발바닥이 굴러 내려가려 하면
경사는 더 가팔라지고 직각은 더 날카로워지는
울툭불툭 계단 길

계단 지름길을 앞에 두고 되돌아가는 동안
바퀴 소리가
통, 통, 통,
가보지 못한 길을 저 홀로 내려가고 있다

계단 길 내려다보던 눈은 그 자리 그대로 두고
돌고 돌아서 온
평탄한 길
고르지 못한 노면이 가끔 심장을 툭, 툭, 친다

눈먼 사람

똑똑 눈이 땅바닥을 두드린다
팔에서 길게 뻗어 나온 눈이 땅을 두드린다
땅속에 누가 있느냐고 묻는 듯이
곧 문을 활짝 열고 누가 뛰어나올 것만 같다는 듯이

눈은 공손하게 기다린다
땅이 열어준 길에서 한 걸음이 생겨날 때까지

팔과 손가락과 지팡이에서 돋아난 눈이 걷는다
한 걸음 나아가기 전까지는
거대한 어둠 덩어리이고 높은 벽이고 아득한 낭떠러지이다가
눈이 닿는 순간
단 한 발자국만 열리는 길을 걷는다

더듬이처럼 돋아난 눈은 멀리 바라보지 않는다
하늘을 허공을 올려다보지 않는다
나아갈 방향 말고는 어느 곳도 곁눈질하지 않는다
눈이 닿은 자리, 오직 눈이 만진 자리만을 본다

어쩌다 지나가는 다리를 건드리거나
벽이나 전봇대와 닿으면
가늘고 말랑말랑한 더듬이 눈은 급히 움츠러든다

눈이 두드린 길이 몸속으로 들어온다
온몸이 눈이 되고 길이 된다
허리가 잔뜩 줄어들었다가 쭉 펴지며 늘어난다
몸 안으로 들어온 길만큼
한평생의 체중이 실린 또 한 걸음이 나아간다

앉아 있는 사람

온몸이 엉덩이로 몰려와 의자 속으로 들어간다. 의자에도 심장이 뛰는 몸무게가 생긴다.

의자는 제 몸을 움푹하게 파서 엉덩이를 품는다. 제 속에 엉덩이를 심는다.

머리통 무게는 엉덩이에서 배분되어 두 다리와 네 다리로 뻗어가고 있다.

의자는 몸무게를 안고 축 늘어진 팔과 등받이에 기댄 등뼈와 지친 숨소리를 흡수하고 있다.

엉덩이가 의자 속으로 다 스며들어서 두 다리는 일어나고 싶지 않다. 의자 다리처럼 일어날 수가 없다.

의자는 반쯤 엉덩이가 되어서 엉덩이를 놓아주고 싶지 않다. 놓아주면 엉덩이가 뜯어질 것 같다.

발바닥은 감촉을 잃고 눈으로 올라가 창밖이 되고 뇌로 들어가 지붕 밖 생각이 되어 있다.

엉덩이는 의자를 구두처럼 신고 마룻바닥을 뚫고 내려가 땅을 밟고 있다.

엉덩이는 뿌리를 내리고 가슴과 머리는 의자를 뚫고 돋아나 있다.

위장

관절이 내지르는 비명을 입으로 쏟아내며 노인이 옆자리에 앉았다. 슬쩍 곁눈질하는 그의 얼굴에서 어떤 찰나가 나를 본 것 같았다. 생판 모르는 얼굴 속에서 나를 알아보는 눈빛이 노인의 얼굴에 얼비쳤다가 사라졌다. 창밖이나 광고판을 보는 척하면서 옆통수로 살펴보니 알 듯 말 듯한 얼굴은 시선이 닿지 않은 곳으로 급히 들어가 나오지 않고 노인만 멍한 표정으로 허공을 바라보고 있었다. 잠깐 한눈을 팔면 아주 먼 데서 온 어떤 얼굴이 내 기억을 기웃거리곤 하였다. 따분한 표정으로 앉아 있었지만 그는 다급하게 쫓기고 있는 것 같았다. 막다른 길에 몰려서 출구가 있을 만한 작은 빈틈이라도 헛되이 찾고 있는 것 같았다. 그토록 많은 방과 골목과 문을 놔두고 하필이면 숨은 곳이 주름과 검버섯과 흰머리란 말인가. 다시 한번 찰나 속으로 들어가 내가 아는 얼굴을 뒤져보려 하자 노인은 표정에서 얼른 청년을 지우고 멀뚱멀뚱한 눈으로 볼 것도 없는 광고에 시선을 고정하고 있었다. 하지만 시간이 튀겨버린 눈알과 삶이 삶아버린 표정과 낮과 밤이 말려버린 피부 속에서 초롱초롱한 눈빛 하나가 두꺼운 난시와 원시를 녹이며 내 눈에 닿았다. 여전히 청년에 머물러 있는 얼굴, 조금도 변하지 않은 채 나이만 먹은 얼굴, 들키지 않으려고 어린 얼굴을 녹여 쭈글쭈글하게 반죽한 듯한 얼굴이었다. 그 앳된 얼굴에 끌려 친근한 눈길을 살짝 보내자 노인은 미간을 일그러뜨리며 제 눈에 닿는 느끼한 질감을 단호하게 잘라냈다. 뭘 봐!

또 재채기 세 번

이마 위에 번개가 있는지도 모르고
고개 숙이고 걷다가 돌출부에 머리를 찧듯이

멍 때리고 걷다가 재채기 세 번

입 밖으로 쏟아졌다 들어가는 목구멍 세 번
튀어나왔다가 도로 박히는 눈알 세 번
내장을 움켜쥐고 꼬부라지는 허리 세 번
두개골 밖으로 넘쳤다가 제자리 찾는 대뇌피질 세 번

구강 구조를 무시하고 터져 나온 발음 세 번
의미와 억양과 어조를 깡그리 뭉개버린 목소리 세 번
앞뒤 잴 줄 모르는 막무가내 문장 세 번
항문과 방광, 간과 창자에서 끌어모은 악다구니 세 번

이마에서 터져 나온 별들이 눈앞에서 내린다
활짝 편 손가락 같은 빛을 흔들어준다
팔랑팔랑 빛난다 펄펄 반짝거린다

빠져나갔던 것들이 되돌아오기를 잠시 기다린다
어질러지고 헝클어진 몸이 정돈되기를 잠시 기다린다

조금씩 흔들리던 거리가 반듯하게 서고
습관은 여기저기 뚫린 구멍들을 빠르게 꿰매고 있다

화보 사진 찍기

카메라가 첫 셔터를 눌렀을 때
목 위에 묵직하고 빠근한 무게가 느껴졌다.
그 무게에서 흘러나오고 있는 표정이
얼떨떨한 그대로 렌즈에 연거푸 박히고 있었다.
얼굴은 목에서 뺄 수 없게 되어 있었다.
어리벙벙한 표정 속에서
렌즈는 어설픔과 난처함을 정확하게 잡아냈다.
움직이는지 모르고 움직이던 목 근육 어깨 근육을
렌즈가 막대기처럼 단정하게 경직시켰다.
웃는지 모르고 웃던 웃음을
김치 웃음과 치즈 웃음으로 바꿔주었다.
모든 제멋대로가 재빨리 공손해졌다.
사진에 고정되기 전에 미리 부동자세가 되었다.
자세는 품위 있는 위치를 찾지 못해
어정쩡하게 세련되려고 안간힘을 쓰고 있었다.
평소처럼 자연스럽게 움직여보라는데도
몸과 표정은 자연스럽게 굳어졌다.
렌즈에 포착된 우스꽝스러운 순간은
영원히 움직이지 못하도록 단단하게 고정되었다.

나무처럼 뻣뻣해진 옷과 넥타이 안에서

다양한 포즈를 취하는 상상만 활기차게 움직이고 있었다.

깜빡했어요

저런 저런, 저는 그런 줄도 모르고 있었어요.
하마터면 큰 실수할 뻔했네요.
제가 요즘 이렇다니까요. 도대체 뭘 하고 사는 건지.
그것도 모르고 있는 사이에

어어, 냄비가 넘치고 있어요, 아니, 그 사람이
제멋대로 넘쳐, 탁자 바닥이, 잠깐만,
넘치는 물부터 잠글게요.

미안해요, 통화하느라 깜빡했어요.
물이 넘치는데도 정수기가 그것도 모르고 있었네요.

전 이런 일이 터질 걸 다 알고 있었어요.
그때 제가 그랬잖아요, 그 사람이,
잠깐만요, 지금 마룻바닥으로 흘러내리고 있어요.

이건 저만 알고 아직 아무도 모르는 얘기인데요,
절대로 냄비 밖으로 새 나가면 안 돼요.
안 보이는 구석이나 틈으로 흘러 들어가면

곰팡이나 바퀴벌레나 날벌레에게 퍼질 수도 있어요.

이건 당신한테만 하는 얘기니까 안 들은 걸로 해주세요.
지금 닦고 있는 중이니까요.
냉장고 밑으로 흘러 들어간 말까지 다 닦고 있어요.

깜빡했어요, 통화 중에는 말을 흘리지 말아야 한다는 걸.
입을 조금만 더 크게 벌려보세요.
걸레로 닦아야 해요, 이빨 사이랑 사랑니 안쪽까지도요.
어제 빨아서 입보다는 깨끗해요.

하지 말았어야 할 말이 이렇게나 많은지 몰랐어요.
그렇다고 넘치기까지 할 건 뭐예요.
당신한테만 얘기했는데도 벌써 마룻바닥이 흥건해요.

깜빡했어요, 제가 그런 게 아니고
그 사람이, 정수기가, 물이, 아니 말이.
네네, 걱정 마세요, 지금 입에 주워 담고 있는 중이에요.

무단 횡단 2

이 귀찮은 것 제발 좀 치워달라는 듯이
빠른 속도로 단번에 끝내달라는 듯이

무단 횡단한다 할머니 한 분
눈과 귀는 형식적으로 얼굴에 달아놓고
빌딩에 백 킬로미터 바퀴를 달아놓은 것 같은 대형 트럭이
육탄 돌진하는 도로 한가운데를
팔자걸음으로 걸어간다

단맛이 빠질 대로 빠진 껌들
더 씹어봤댔자 이빨만 아픈 껌들
틀니 덜그럭거려서 뱉어버리면 시원할 것 같은 껌들이
듬성듬성 검버섯이 된 아스팔트를 건너간다

아무리 느릿느릿 걸어도
아무도 죽여주지 않는 팔 차선 도로를 건너간다

바퀴로 아스팔트를 찢는 것 같은 급정거 소리나

뒈지고 싶어 환장했냐는 욕지거리쯤은
귀여워죽겠다는 듯이

부음

휴대폰 문자를 보는 순간, 들숨을 막는 짧은 비명이 터져 나왔으나(이게 무슨 말이야? J가 죽었다고? 왜? J가 왜?) 이내 안도의 숨으로 바뀌었다. 그는 뭐라고 중얼거렸으나(그러고 보니 나는 아직 안 죽었잖아. 죽은 사람이 오죽 마려운 거 봤어?) 혼잣말인데도 저절로 톤이 높아지고 명랑해져서 깜짝 놀랐다. 그가 힘차게 한숨을 내쉬었을 때(그렇게 건강하고 멘털 강한 사람도 순식간이구나) 죽음은 더 멀어지고 있었다. 그래도 죽음은 가끔 찰나의 틈을 통해 기웃거리곤 했는데, 이젠 보이지 않는 곳까지 멀찍이 물러나 있었다. 마지막으로 통화한 게 불과 한 달 전이었다는 생각이 들자(표정과 손짓이 보이는 따끈따끈한 목소리가 아직 내 귓구멍에 남아 있는데……) 안 죽어서 다행스러운 근육이 곳곳에서 빼근하게 움직이고 있었다. 고인과 가깝게 지냈던 지인과 통화하는 동안 그의 말소리는 점점 빨라지고 활기가 넘쳤다. 들키지 않은 그 의기양양한 억양으로 인해, 죽음은 아무도 알 수 없는 것, 누구도 접근할 수 없고 들어갈 수 없는 것이 되고 있었다. 죽기 직전까지 고인이 온몸으로 견뎠을 광막한 우주의 어둠은 작고 깜깜한 깡통으로 들어가 어떤 떨림과 눈물도 틈입하지 못하도록 밀봉되고 있었다. 작아질 대로 작아져서 눈만 겨우 남은 외로움은 모든 이의 발 앞에 구르고 있지만 아무도 보지 않는 것이 되고 있었다. 모름지기 그래야만 죽음다워지는 것이라고, 돌멩이 옆에, 쓰레기를 품고 있는 잡초 옆에, 검은 땟국물을 뒤집어쓴 채 구르고 있었다. 창밖을 내다보며 스트레칭을 하는 그의 숨소리가 터무니없이 씩씩해지고 있었다.

실직자 2

너무 일찍 마흔다섯이 되었네
굼뜬 마흔다섯
바보 마흔다섯

앞만 보고 걷다가 발끝에 뭔가 걸려
넘어질 뻔했네
주위를 둘러보니 처음 와본 곳이었네

여기가 어디냐고 물어보고 깜짝 놀랐네
돌부리에 걸려 넘어지지 않으면
쳐다볼 일 없는 마흔다섯
마흔다섯이 왔는지도 모르는 마흔다섯

시키는 대로만 했는데도 마흔다섯이 되었네
대통령도 재벌 회장도 다 다녀갔다는 그 마흔다섯이
있는지 없는지 모르는 이 사람에게도
황송하게 찾아와주었네

주사만큼도 따끔하지 않아서
콧물을 흘리고 있는지 몸살을 앓고 있는지

감기처럼 모르고 지나가는 마흔다섯

열 배나 올랐다는 양평 자투리땅도
이리저리 재기만 하다가 결국 사지 못하고
돈벼락 떨어진다는 기획 부동산에 대범하게 속아보지도 못한 채

빨간 신호로 바뀌기 전에 노란 신호를 살짝 걸치며
재빨리 바람으로 바뀌는 간판들과 표지판을 뒤로 날리며
교차로 교차로를 건너가는
맹목 마흔다섯

사직서 쓸 때만 용감한 마흔다섯
쓸데없이 성실한 마흔다섯

무한정 있을 것 같은 젊음을 쥐어짠 대가로 남은 나이
달랑 마흔다섯

너무

너와 무 사이에
10분의 1초 100분의 1초라도 틈이 생길까 봐
시간이 낭비되고 문장이 늘어질까 봐
넘 좋아, 넘 싫어, 줄여 말하는 세상인데

너와 무 사이의 드넓은 시공간과 넘치는 자원이 아까워서일까
그 노다지가 버려지는 걸 참을 수 없어서일까
그는 싫다는 말이든 좋다는 말이든 뭔가 당기는 말 앞에는
너어—무,
살면서 못다 내지른 이 비명 같은 한숨을 붙이고야 만다
말에 피가 돌고 살이 붙고 체중이 실리려면
그다음 말이 계속 달려 나갈 기운을 받으려면
숨넘어갈 것 같고 숨 끊어질 것 같은 이 숨말을 붙여주어야 한다

대화가 조금이라도 늘어질 기미가 보이면 재빨리 너어—무

듣는 이의 눈빛이 시큰둥해지기 전에 얼른 너어—무

꼴 보기 싫은 놈 면상이 더 흉측하게 망가지도록 너어—무

신바람이 지치지 않고 수다에 풀무질하도록 너어—무

너어—에서 지나치게 멀리 나갔다가 허파가 폭발하기 직전에, 무!

목구멍 진동이 사타구니를 거쳐 발가락까지 돌아서 나오도록 너어—무

답답한 숨통과 내장을 시원하게 긁으며 너어—무

너어—에 깊이 내려가 미궁을 헤매다가 막힌 숨을 내뿜고 나오며, 무—

너어—를 길게 끌다가 가슴 바람이 눈물주머니 한숨을 몰고 오기 직전에, 무!

들었다 놨다 인생이 한바탕 뒤집히도록 너어—무

콧바람에 생동하는 우주 기운이 뻗치도록 너어—무

한 말 또 하기에 지친 수다의 맥을 아슬아슬하게 살려 놓으며 너무너무너어—무

머리가 목에 붙어 있는 일에 대하여

몸통에서 자꾸 달아나는 머리를 목이 꽉 붙잡아줘서 다행이야
꼼짝 못 하게 가슴에 붙박아놓지는 않고
얼마든지 달아나보라고
좌우로 위아래로 머리를 맘껏 돌리게 해줘서 다행이야
여기저기 기웃거리게 해줘서 다행이야
목 위로 솟구쳐 올라 둥글게 퍼지는 머리 속에는
방사형으로 달아나는 무늬들이 가지를 뻗고 있을 거야
거기서 계속 생겨나고 있는 말과 생각을
목이 든든한 줄기로 지탱해줘서 참 다행이야
다행이라면 다행이고 다행이 아니라도 어쩔 수는 없지만
언젠가 머리는 몸통에서 달아날 수 없다는 생각이 들지 않을까
그러면 목이 점점 짧아지지 않을까
달아날 생각이 싹 사라지면
머리는 접시 위의 과일처럼 고즈넉하게 가슴에 담기겠지
한때는 담 넘어 산 너머 바라보다가

평생 오지 않을 것을 기다리다가 목이 길어졌지만
나이 들면 옆도 뒤도 궁금한 게 없어서 목이 필요 없어질 거야
무슨 말을 듣건 끔벅끔벅
끄떡거리는 것인지 도리질하는 것인지 그저 끔벅끔벅
머리통이 목 위에서 놀지 않아
까불대다 굴러떨어질 일이 없으니 참 다행이야
입만은 늙지 않아 무엇이건 닥치는 대로 먹고 떠들어도
목구멍은 남아서 다 받아주니까 다행이야
먹은 것들이 읽은 것처럼 머리에 쌓이지 않아 다행이야
떠든 것들이 배설한 것처럼 국물과 건더기를 남기지 않아 다행이야

노인이 된다는 것

눈동자에서 초점이 빠져나가
지나가는 사람들 얼굴 윤곽이 흐려 보인다.
아무리 깜박거려도 선명해지지 않는다.
눈앞에 보이는 눈과 웃음과 주름이
추억과 구분되지 않는다.
지금 오는 중이죠? 어디쯤이에요?
휴대폰에 뜬 문자에, 아차! 머리가 띵해진다.
분명히 기억했던 약속 날짜가
머리카락에서 빠져나가 갑자기 하얘진다.
몹시 슬프지만
슬퍼할 기운이 골수에서 빠져나가고 있어
없었던 일로 하기로 한다.
화가 났다는 것을 보여주기 위해
눈썹 사이에서 주름이 사납게 굵어지지만
잠깐 불끈거리다가 풀려버린다.
길가 횟집 수족관에 물고기들은 가만히 있는데
세차게 도는 물살에 떠밀려
어쩔 수 없이 싱싱해지고 있다.
죽어 뒤집힌 물고기도 얼떨결에 힘차게 돌고 있다.

나는 가만히 앉아 있는데
앉은 자세를 조금도 흐트러뜨리지 않고
조금 전에 하려고 했던 일들이
괴로워하던 일 짜증 내던 기분 흥분하던 계획들이
몸에서 가지런히 빠져나가고 있다.
진한 커피를 휘저으니
찻잔 속의 태풍이 머리통 안에서 맴돈다.
돋보기 안에서 갑자기 커진 눈알이
읽자마자 잊어버린 글자에 필사적으로 매달리고 있다.
어깨 위에서 힘준 근엄한 표정이
가볍게 흩날리다가 어깨 위에 허옇게 떨어져 있다.
마모되어 표정 없는 얼굴을 보고
김치이, 치이즈, 크게 외치는 소리가 들린다.
내 입은 활짝 웃고 있는 것 같은데
웃지 않는 내 얼굴 대신 사진 찍는 사람이 웃고 있다.

노숙존자

아무도 다가오려 하지 않아서, 아무도 말 붙이려는 사람이 없어서, 저절로 사회적 거리 두기를 실천하게 된다.

세상에서 없어진 지 하도 오래되어서 거리 두기라는 말조차 생소하지만

씻지 않고 빨지 않은 냄새가 튼튼한 벽이 되어서 팔다리뿐 아니라 눈빛이며 뼛속까지 사회적 거리를 둔 지 오래다.

무시와 무관심이 마스크가 되고 방호복이 되어서 침방울들이 웃고 떠들며 활보하는 곳에서 뒹굴고 있어도 안전하다.

A형 독감보다 독한 혐오와 멸시와 수치가 극심한 발열 후에 항체가 되어서

코로나 바이러스가 와서 며칠 좀 놀다 가겠다면 굳이 마다할 이유가 없겠지만, 밀접 접촉이 많아 활개 치고 다

니기 좋은 곳을 놔두고, 먹여주고 재워주는 물 좋은 자리를 놔두고, 이 꽉 막힌 지하까지 오겠는가.

나의 밀접 접촉자는 굴러다니는 종이컵, 바람에 쫓기다 구석에 겨우 자리 잡은 비닐봉지, 청소원이 여러 번 치웠으나 늘 그 자리에 있는 먼지들, 아무리 떠들어도 침방울이 튀지 않는 소음, 아무리 쫓아내도 꿈쩍도 하지 않는 탁한 어둠.

홀로 외롭게 창궐하고 싶다면, 코로나 바이러스여, 얼마든지 여기 와서 노숙해보라.

코로나 바이러스가 거리를 깨끗하게 치워놓아서 멧돼지도 고라니도 곰도 야생이 된 도시 한복판으로 나와 마음껏 논다는데

고양이들 틈에 끼어 나도 쓰레기통을 뒤지고 싶지만 내가 기생하는 숙주는 오늘도 햇빛 거리 두기 바람 거리 두기를 실천하는 중이다.

뒤에서 오는 사람

목구멍이 깊고 컴컴한 곳 어딘가로 들어가
찰진 가래를 끌어 올리나 보다.
거리가 진동하도록 가래침은 요란하지만
가래는 나오지 않고
목구멍 긁어내는 소리만 힘차다.
식도와 내장 뽑아내는 소리만 용을 쓰고 있다.
입은 온몸에 바람을 모아
숨통이 뻥 뚫리도록 가래를 뱉어내지만
나오는 건 맑은 침뿐이다.
눈알이 몹시 충혈되어 있을 것이다.
폭풍을 입안에 넣어주느라
콧구멍은 숨을 잔뜩 먹고 부풀어 있을 것이다.
항문과 발가락도 힘을 주고 있을 것이다.
온몸이 허파로 들어가
발을 동동 구르고 있을 것이다.
가래는 목구멍 밑에서 끓기만 하고
나올 듯 나올 듯 목구멍을 간질이기만 하고
날숨에 살짝 열렸다가
들숨에 재빨리 나와 숨통을 막기만 하고

어딘가 단단히 붙어 나오지 않는다.

가래 대신 숨통이 나오고 있다.

가래를 밀어 올리다가 창자가 나오고 있다.

아랑곳하지 않고

겨울이 오고 있다.

눈부신 햇살 부드러운 바람에 꽃은 유쾌하게 터지는데 겨울은 아랑곳하지 않고 두꺼운 점퍼를 입고 오고 있다. 몸을 줄이기 위해 한껏 등을 구부리고 봄 한가운데로 지나가고 있다. 점퍼 안으로 난 길은 길고 맵고 어둡다. 겹겹이 껴입어서 눈보라는 보이지 않고 둥글게 웅크러든 점퍼 밖으로는 다리만 나와 있다. 겨울은 똑같은 보폭과 일정한 박자로 걷고 있다. 오로지 추위에 떠는 데만 집중하느라 겨울은 봄에게 길을 내줄 틈이 없다. 뼛속으로 들어오는 시림과 저림을 견디느라 꽃에 한눈팔 겨를이 없다. 날선 바람으로 제 피부를 깎아내느라 점퍼 밖으로 고개를 내밀 엄두를 내지 못한다. 점퍼 위로 머리 대신 어깨가 올라와 있다. 제 팔로 제 몸을 껴안고 몸속을 파고드느라 겨울은 점점 줄어들고 있다. 희고 둥글던 겨울은 돌덩이처럼 단단해지고 작아지고 있다. 수염에 고드름이 달린 겨울이 가고 있는데도 아랑곳하지 않고

봄이 오고 있다.

유족

숨 막힘을 숨 쉰다

안 삼켜지는 덩어리를 삼키다가
안 뚫리는 콧구멍을 뚫다가

튀어나오려는 붉은 눈알로 숨 쉰다
들뜨는 피부로 숨 쉰다
곤두서는 머리카락으로 숨 쉰다
식도가 딸려 나올 것 같은 목구멍으로 숨 쉰다

내장과 핏줄을 뽑아 올려서 숨 쉰다
근육과 골수를 짜내서 숨 쉰다

남은 수명을 단축시켜 숨 쉰다

5인실

아까부터 침대에서 일어나고 있었는데
아직도 일어나고 있다.
침대에서 일어나다가 한평생이 가고 있다.
삐끗하면 어딘가 부러질 것 같은 허리를 일으키는 일에
삶의 모든 것이 걸려 있다.
침대에서 다 일어난다면 그동안 없었던 발이 나와
떨리는 슬리퍼를 신을 것이다.
하면 된다는 일념이
링거 거치대를 밀며 코앞의 머나먼 화장실로 갈 것이다.

누군가 먼저 들어가 있는 화장실에서는
오줌 소리는 들리지 않고 끙끙거리는 소리만 끈질기다.

건너편 침대에서는 요도에 관을 넣어
피 섞인 오줌을 빼내는 투명 플라스틱 통이 있다.
벌건 오줌이 반쯤 차 있다.
그 옆에는 일생일대의 힘을 쥐어짜 숨 쉬는 침대.
또 그 옆에는 기계로 목구멍 찰거머리 가래를 빼는 침대.
모터 소리에 맞추어 내지르는 지루한 비명.

그 소음 속에서도
깰 힘이 없어 할 수 없이 잠들어 있는 침대.

갑자기 유리창이 흔들리고 커튼이 펄럭이더니
병실 밖 어디선가 고성과 욕설과 악다구니가 들려온다.
아까운 건강이 함부로 낭비되는 그 소리를
번쩍 눈을 뜬 열 개의 귀가
한 방울도 놓치지 않고 링거 맞듯이 엿듣고 있다.

진동

넓적다리가 울린다.
바지 주머니에서 얼른 휴대폰을 꺼낸다.
수신된 전화가 없다.

넓적다리에 이미 진동이 설정되어 있었다?
피부 안에 근육과 핏줄 속에
내가 알 수 없는 몸속 어딘가에
혀 없는 말들이 돌아다니는 회로가 있다?
진동의 신호들이 오가는 통로가 있다?

넓적다리가 또 울린다.
속는 걸 알면서도 휴대폰을 열어본다.
언제 그랬냐는 듯 진동은
넓적다리 아닌 곳으로 슬며시 들어가 사라진다.
귀와 혀로 대화하는 나는 끼어들 수 없는
수다가 있을지 모른다. 맹세코
나는 몸속 어디에도 진동을 설정한 적이 없지만

아무도 걸지 않는 전화를 받고 싶어 하는 귀

간절하게 통화하고 싶어 하는 입이
넓적다리에 있는지 모른다.

오랫동안 아무도 나에게 전화하지 않았다는 것을
사람들 만난 지 오래되었다는 것을
몸이 눈치채고 있는지 모른다.

여탕에서 목욕하기

탕으로 들어가려는데 주인이 다급하게 소리친다,
그쪽은 남탕이 아니라고, 내부 수리를 해서
남탕은 여탕이 되고 여탕은 남탕이 되었다고.
나는 아직 벗지도 않은 아랫도리를 가리며
다 벗은 여자들의 목소리와 공기가 여전히 남아 있는
남탕으로 들어간다.
탈의실의 조명과 화분, 거울과 액자가 놀란 듯
막 팬티를 까고 나온 내 아랫도리를 흘끔거린다.
여자 옷만 받던 탈의실 옷장의 눈치를 보며
속옷을 슬쩍 밀어 넣는다.
아직 남탕으로 바뀌었는지 모르는 샤워기로 가서
마구 물만 끼얹는다.
가슴에서 둥글고 탄력 있게 튀어 오르려던 물줄기가
거침없이 가슴 절벽 밑으로 떨어지다가
아랫도리에 턱, 걸리자
거울이 깜짝 놀란다.
내부 수리를 해도 여탕은 여탕인데
벗은 남자들 비출 준비가 전혀 되어 있지 않은 거울을
그대로 둔 채

벌거벗은 아랫도리들만 바꿔놓은 것 같다.
웅성거리고 깔깔거리는 소리는 아직 여탕인데
열탕에서 부글부글 솟구치는 물줄기는 벌써 남탕이다.
나는 자꾸 물을 끼얹어
아직도 쑥스러운 내 피부에 남탕을 덮어씌운다.
안 보는 척 낱낱이 쳐다보는
엉큼한 거울과 타일의 시선으로 남성의 체면을 단련시킨다.
털 달린 살갗을 덜렁덜렁 입고 보란 듯이 다니니
여기가 정말 남탕이 된 것 같다.

자가 격리

거리는 행인이 없어 썰렁했으나
숨 쉴 때마다 사람들이 우글우글하였다.

날숨은 사람들을 피해 고개를 푹 숙이고 다녔다.
들숨으로 사람들이 노크도 없이 우르르 몰려 들어왔다.
날숨은 들숨을 눈치 보고 들숨은 날숨을 노려보고 있었다.

모든 말은 목소리가 아니라 침으로 나오고 있었다.
모든 말은 귀가 아니라 코로 들려오고 있었다.

혼자 있을 때도 이렇게 많은 사람과 밀착된 적이 있었나?
내 숨이 이렇게 많은 숨과 연결된 적이 있었나?

집에 들어오자마자 손에 묻은 사람들을 씻어냈다.
반갑다고 손을 꽉 붙잡고 떨어지지 않으려는 사람들을
강제로 밀쳐내고 떼어내느라 꽤 오래 걸렸다.

한 지인이 코로나19 확진자의 밀접 접촉자와 접촉하여

자가 격리당했다는 소식이 들려왔다.
아무리 둘러봐도 말과 손과 숨을 둘 마땅한 곳이 없어서
나도 저절로 자가 격리되었다.
허파도 심장도 생각도 따라서 자가 격리되었다.

여러 사람과 함께 웃고 떠들 때도 늘 혼자였기에
자가 격리는 맞춘 듯 내 몸에 잘 맞아서
방에 틀어박혀 책 읽기에는 더없이 좋았으나

아무리 집중해서 읽으려 해도
눈이 글자에만 머물고 문장으로 들어가지 않았다.
오늘따라 눈이 나한테 왜 이러나 했더니

아까부터 머리통 속에서
생각만으로도 감염되는 신종 바이러스가 돌아다니고
있었다.

폭주

한순간 바스러져 형체를 없애버릴 것 같은 속도가 있다
속도를 가로막는 장애물들에 대한 분노를
감정적으로 터뜨리는 굉음이 있다
찡그린 얼굴이 내다보는 창문을 거칠게 흔드는 진동이 있다
직선을 긋는 칼날을 보다가 선명하게 갈라지는 뇌가 있다

금방이라도 바닥에 내동댕이쳐질 것 같은 몸이
속도에 납작하게 붙어 있다
폭발음이 설사하지 않도록 항문을 꽉 닫고 있을 것이다
터져 사방으로 튈 것 같은 뇌수를
컴컴한 두개골이 단단히 밀봉하고 있을 것이다
가속도가 붙어 점점 얇아지는 두개골을
헬멧이 제 아귀에 두껍게 감싸 쥐고 있을 것이다

가속도 붙은 몸무게가 팔랑거리고 몸통이 투명해지고
오토바이가 물렁물렁해지는데도
굉음은 여전히 길바닥에 돋는 소름을 긁어

행인들의 귓구멍을 들쑤시고 미간을 우그러뜨리고 있다
속도의 꼬리를 지그재그 흔들고 있다
창틀을 꽉 붙들고 있는 유리창을 박살 내고 있다
경첩이 빠지도록 문을 잡아당기고 있다

주변의 고막들을 다 찢어버린 굉음이
미세 먼지 하늘에다 촘촘하게 바늘구멍을 내고 있다

용문에는 용문 사람들이 산다

용문에 갔다. 용문 거리에는 용문슈퍼와 용문식당, 용문약국, 용문꽃집, 용문정육점, 용문다방, 용문태권도학원, 용문철물점, 용문파리바게트, 용문PC방, 용문비비안 내의점 등이 있었다. 용문에서는 모든 것이 용문이었다. 용문 건물들은 어떤 시멘트로 지어졌는지 유심히 보았는데 특별히 달라 보이는 것은 없었다. 그러나 그 건물들에는 나무로 된 용문, 흙으로 된 용문, 유리와 스테인리스 강으로 된 용문이 있었다. 음료와 과자를 사러 용문하나로마트에 갔다가 쇼핑하러 온 많은 사람을 보았는데, 한 사람도 빠짐없이 용문 사람의 눈과 코와 입과 귀를 가지고 있었다. 그 얼굴들은 얼핏 서울 얼굴과 비슷해 보였지만 보면 볼수록 용문 얼굴이었다. 그들은 용문 옷을 입고 용문 표정을 지으며 용문라면과 용문화장지, 용문계란, 용문치약, 용문비누, 용문삼겹살, 용문막걸리 따위가 든 커다란 용문비닐백을 들고 마트에서 나오고 있었다. 용문 여자들이 낳은 용문 아기들이 용문 엄마에게 업히거나 용문유아차를 타고 지나가고 있었다. 용문 아이들은 용문 바람을 맞으며 용문자전거를 타고 달리고 있었다. 한 할아버지가 오늘이 장 서는 날이냐고 내게 물었다. 나는 용문 사람이 아니라 모른다고 대답했다. 그에게 나는 용문 사람으로 보였음이 분명했다. 여기 살면 용문 사람이 되는 건데, 그러면 내 눈과 코와 입과 귀도 팔다리도 용문 사람이 되는 건데, 내가 입은 옷도 용문 옷이 되는 건데, 나는 용문에 있으면서도 용문 사람이 아니었다. 나는 용문하나로마트 유리문에 비친 사람을 한참 동안 쳐다보았다, 용문에 있으면서도 용문 사람이 되지 못한 얼굴을, 낯선 옷과 어색한 행동을.

사무원 기택 씨의 하루

그의 꼴을 흉내 내느라 옷이 무척 애쓰고 있다.
밑구멍 터진 자루가 느닷없이 둘로 갈라져 바지가 되더니
다리에서 걸음을 받아 열심히 걷고 있다.
그 걸음걸이에 맞춰 셔츠가 소매를 휘젓고 있다.
팔꿈치와 무릎이 구부러질 때마다
피부에 촘촘하게 새겨지고 있는 주름들이
소매와 바지 뒤판에 자리를 잡고 펴지지 않는다.
재킷이 그의 거북 목에 맞게 굽어져 있다.
그의 기형적인 걸음을 조금도 놓치지 않고
구두 뒷굽은 끈질기게 바깥쪽만 닳고 있다.
편마모된 뒷굽을 합리화시키느라
바짓가랑이는 대칭을 그리며 활처럼 안쪽으로 휘고 있다.

습관이 가는 대로 1213번 버스에 타자마자
몸 안에 갇힌 채 굳어진 그의 모양이 의자에 앉는다.
두리번거리는 창밖 풍경이 시력 0.4에 막혀 끔벅거리고 있다.

휴대폰이 진동으로 말을 걸어오자
에, 그러니까, 저기, 그게……를 성실하게 대꾸해준다.
온갖 잡생각이 오늘 할 일을 꼼꼼하게 정리해주는 사이
구두는 홍파초등학교 앞에서 내리고 있다.
쓸데없는 생각을 정렬시키느라 재채기 세 번.
입 밖으로 막 튀어나오려는 그를 손바닥이 얼른 막는다.

PC 모니터와 휴대폰 화면과 종이 활자로
수정체와 망막을 한껏 괴롭히고 나서
아무것도 보고 싶지 않은 눈을 공들여 만들고 나서
재킷과 구두는 사무실 밖으로 나온다.
옷을 흉내 내느라 다시 팔다리가 애쓰고 있다.
한번 주름이 생기면 다시 펴지지 않는 셔츠와 바지를 닮아서
이마주름, 눈주름, 입주름, 목주름도 선명해진다.
바지가 걷는 속도를 다리가 열심히 따라가며 맞추고 있다.
소매가 휘젓는 리듬을 놓치지 않으려고 팔도 애쓰고 있다.

누군가가 그의 옷을 부른 것 같다, 기택 씨—

돌아보는 그를 부르는 사람은 안 보이고

어떤 사람이 택시를 세워 길음뉴타운에 가는지 묻고
있다.

3부

혓바늘

말할 때마다 따끔따끔하다
밥알이 구를 때마다 혀가 찔린다
물렁물렁하고 뭉툭한 혓바닥에 찔린다
아이스크림을 핥던 촉촉한 탄력에 찔린다

혀끝이 이빨 사이를 뒤지고 입안을 더듬고
혀가 만들어낸 말들을 다 뒤져도
바늘은 찾을 수 없고
말랑말랑한 것밖에는 없어서

찌르는 것이 없는데도 찔린다
찔리기도 전에 찔린다
찔리는지 모르고 있다가 느닷없이 소스라친다

벽 2

죽을래?와 죽여봐!가 또 벽에서 나온다. 자정이 지난 시간. 벽에는 거의 죽었다가 살아나는 소리가 있고 질식했다가 간신히 새어 나오는 아이 울음소리가 있다. 벽 속에서 옆집이 다시 깨어난다. 주먹과 입이 달린 벽이 깨어난다.

소리는 날뛰고 부딪치고 깨지지만, 벽으로 안전하게 보호되어 있다. 당장 무너지거나 죽어 나갈 것 같은 일들도 벽 속에서는 고요해지고 지루해진다. 벽 속은 우글우글하고 울퉁불퉁해도 벽지는 반들반들하고 가족사진은 단란하다. 윽박질과 악다구니, 비명과 울음은 시멘트와 함께 반죽이 된 채 굳어져 조용하게 소리치는 벽, 평온하게 울부짖는 벽, 무심하게 진저리 치는 벽이 되어 있다. 질량이 없어서 벽에 스며들 뿐 흔적을 남기지 않는다. 콘크리트가 가족과 일상사를 단단하게 싸 발라 안에서 무슨 일이 일어나든 바깥으로 새어 나갈 우려가 없다. 벽 속에서 악쓰는 소리는 평평하고 반듯하고, 울부짖음은 튼튼하고 과묵하며, 비명은 사각의 틀을 벗어나지 않는다.

사이와 경계와 틈을 향해 벽들이 모여든다. 가르고 막고 가두며 뻗어나가다가 벽에 부딪히면 벽을 타 넘고 줄맞추며 쌓인다. 콘크리트 된 괴성과 욕지거리와 숨 막힘이 고층으로 올라간다. 들판을 덮고 강을 건너고 산기슭으로 올라간다.

변기

변기 앞에서 아랫도리는 주저하지 않는다
변기의 눈치를 보며 팬티를 내리지는 않는다

변기 앞에서 나는 망설임이 없다
과감하다
화끈하다
처리해야 할 일은 단도직입적이다
가야 할 길은 한 방향이다

구멍 뚫린 의자가
제 구멍으로 내 구멍을 보고 있다
내 구멍과 변기의 구멍이 하나가 된다
내 어둠과 변기의 어둠이 이어진다
내 깊이가 변기의 깊이 속으로 들어간다

변기는 새하얗다
어디가 내 진짜 얼굴인지 알고 있는 색이다
어디에 내 존재가 있는지 알고 있는 색이다
눈 없고 코 없는 색으로 알고 있다

냄새 없는 색으로 알고 있다

다 터놓아서 감출 것이 없는데도
구멍에 앉는 이 의자에서는
다리를 꼬거나 등을 기댈 수가 없다

돋보기안경

벗어서 책 위에 올려놓은 후에도
안경은 여전히 무엇엔가 초점을 맞추고 있다.
거뭇거뭇한 것이 렌즈 안에서 꾸물꾸물 형체를 갖추더니
곧 선명한 글자들이 된다.

책 위로 파리 한 마리가 날아와 앉는다.
렌즈가 보고 있는 줄도 모르고 한참 머뭇거리고 있다.
렌즈 안으로 들어오자마자
파리는 검은 덩어리에서 나와
잔털이 촘촘하게 돋은 몸통과 다리가 된다.
헬멧처럼 커다란 눈으로 덮인 얼굴이 된다.
기하학적인 무늬로 짠 날개가 된다.

너무 오래 껴온 탓에
안경에 붙박인 눈알이 빠지지 않는다.
눈이 자는 동안에도 안경은 눈을 감지 않는다.
잠시도 깜박거리거나 한눈파는 일이 없다.
어둠 속에서도 계속 눈을 뜨고 있다.

잔글씨들은 조금도 흐트러지지 않고 힘찬 부동자세로 서 있다.

잠자는 동안에도 내 얼굴은 여전히 안경을 쓰고 있다.
꿈이 안경테 안으로 모인다.
꿈이 열심히 꿈틀거리더니 곧 또렷해진다.
안경테 안으로 들어오지 못한 꿈들은 안절부절못한다.

결코 감을 수 없는 크고 두꺼운 눈에
파리는 여전히 붙잡혀 있다.
안경이 눈을 부릅뜨고 있어서 도망가지 못한다.
파리가 렌즈에 박힌다. 양각된다.
알몸이 다 드러난 채 종이에 붙박여 움직이지 못한다

죽은 눈으로 책 읽기

이 문장에는
한때 이 글자들을 읽었던 모든 눈이 보일 것 같다.
오래전에 죽었는데도
그 눈들은 아직 이 문장을 읽고 있다.
죽은 눈 위에 다른 눈이 겹치고
또 다른 눈들이 읽으며 쌓인 문장의 지층 위로
나의 첫 눈이 얹힌다.
죽은 눈알들이 터질까 봐
글자들 사이를 발끝으로 조심조심 디디며
문장들 속으로 들어간다.
새로 돋으며 점점 두꺼워지는 문장들을 감당하느라
행간을 한껏 널찍하게 열어놓고
글자들은 무표정하다.
오랜 세월 책갈피에 갇히고도
늙은 문장들은 읽자마자 새 문장이 된다.
죽은 눈들이 와서 간섭하는 바람에
뭘 읽었는지 자꾸 잊어버리고
아직도 새 문장을 낳고 있는 문장들 사이에서 헤매고
가까스로 닿은 목소리를 잡으려다 다시 놓친다.

두꺼운 페이지를 닫을 때
문장을 읽고 있는 수많은 눈알이
납작하게 눌리며 터지는 소리.
종잇장 갈피 사이에서 얇게 말라가는 눈알 냄새.
관 뚜껑 같은 침묵이 내려앉는
묵직하고 컴컴한 느낌.
수많은 죽은 눈 사이에
또 하나 미리 죽은 내 눈알을 함께 묻은 채
문장들은 다시 숨는다.
가구 속에 또 하나의 가구처럼 두꺼운 사각형이 된다.

첫 흰 머리카락

흰 머리카락 한 올이 검은 올 사이에 삐죽 나와 있었다. 검은 머리카락들 사이에 처음 와서 몹시 당황한 것 같았다. 제가 있어야 할 자리를 잊어버렸거나 다른 사람의 머리로 착각하여 왔을 것이다. 어색할까 봐 얼른 뽑아 주었으나 그 흰 올은 여전히 검은 올 사이에 있었다. 손가락이 흰 머리카락을 쥐고 있는데도 그 흰 올은 그 자리에 그대로 박혀 있었다. 흰색이었다는 사실을 잊고 있었다는 듯이, 이제 막 그것이 생각났다는 듯이, 검은 머리카락 한 올이 흰색으로 바뀌어 있었다. 그것을 뽑자 몇 가닥 옆에 다른 흰 머리카락이, 좀더 떨어진 곳에 더 많은 흰 머리카락이 이어서 돋아났다. 그것들은 내가 뽑기 전까지 그 자리에 없었다가 내가 보는 순간에 생겨난 게 분명했다. 이제 막 돋아났다는 것을 보여주려는 듯 반짝거리는 맑은 빛이었다. 느닷없이 떠오른 한 생각처럼 선명하고 단호한 한 획의 빛이었다. 흰 머리카락 하나를 뽑을 때마다 더 많은 흰 머리카락이 내 눈에서 돋아났다. 한 올을 뽑았을 뿐인데 바닥에는 흰 머리카락들이 수북했다. 더 많은 흰 머리카락이 돋아날 준비를 하며 아직도 윤기가 흐르는 검은빛을 자랑하고 있었다.

가죽 장갑

팔 없는 손이 탁자에 놓여 있다.
할 일을 다 잊은 다섯 손가락이 달려 있다.

손에서 갈라져 나온 손가락처럼
뭔가를 쥐려 하고 있다.
뭔가를 달라고 하는 것 같다.

손가락마다 구부리거나 쥐었던 마디가 있다.
습관이 만든 주름이 있다.
주름 사이에서 몰래 자라오다가
지금 막 들킨 것 같은 손금이 있다.
지워진 지문이 기억을 되찾아 재생될 것 같다.
털과 손톱도 가죽 깊이 숨어서
나올 기회를 틈틈이 엿보고 있는지 모른다.

피도 체온도 없이 손이 탁자에 놓여 있다.
빈 가죽 안으로 들어간 어둠이
다섯 가닥으로 갈라지고 또 갈라지고 있다.

연필

떨어진 연필이 굴러간다
뱀처럼 벌레처럼
제 기럭지를 구부렸다 펴면서 가지는 못하고
옆으로 굴러서만 간다

굴러가는 둥근 면에서
수많은 짧은 다리가 나오고 있다

연필 속에서 광물성 내장 터지는 소리가 난다
그 소리를 여과시켜서
나무는 가볍고 맑은 소리를 낸다
뾰족했던 연필심도 덩달아 뭉툭해진다

도망가는 연필을 잡자마자
다리는 연필 속으로 들어가 나오지 않는다

손가락이 연필을 꽉 쥘 때
흰 종이 밑으로 지층이 깊어질 때
짧고 힘찬 진동이 연필 속에서 버둥거린다

연필 지나간 자리에

걷다가 머뭇거리다 멈추다

종이가 파이도록 달려간 발자국이 남는다

일인용 소파

긁히고 가죽이 벗겨지고 때와 먼지에 절어 있는데도
쓰레기 더미에 처박혀 있는데도
여전히

뚱뚱하다
배가 나왔다
어깨와 등이 두껍고 넓다
팔걸이에 두 팔을 얹고 있다
온몸을 제 등에 깊숙이 기대고 있다
짧고 뭉툭한 다리를 쩍 벌리고 있다
떡 벌어진 어깨에 목 없는 머리를 파묻고 있다

태어날 때부터 줄곧 앉아 있었다는 듯
앉은 자리에서 한 번도 벗어나본 적이 없었다는 듯
다시는 일어날 수 없도록 다리가 접혀 있다는 듯
제 무게와 살 속으로 들어가 나오지 않는다
앉은키가 낮은데도 무엇이든 근엄하게 내려다보고 있다
넘어졌지만 앉은 자세를 바꾸지 않는다
엎어졌지만 팔다리 버둥거리는 일 없이 앉아 있다

고양이나 바람이나 눈비가 건드려도 흔들림 없이 앉아 있다

엉덩이는 부풀어
언제든지 넓적다리와 팔과 어깨가 될 준비가 되어 있다
앉은 자세로 굳어버릴 준비가 되어 있다
뇌와 영혼조차 의자에 붙은 엉덩이가 될 준비가 되어 있다
엉덩이에 짧은 다리가 뿔처럼 돋아 있지만
어깨가 굽어지거나 배가 들어가거나
다리를 오므리는 일은 없다 결단코!

유기견

쓰레기통에서 낡은 개가죽 하나를 주워 걸친
유기견 한 마리가
마지못해 걷던 걸음을 멈추고
들고 싶지 않은 머리를 간신히 들어 나를 쳐다보고 있다.
무표정한 슬픔도 무거운 얼굴을 들어
볼 것도 없는 것을 애써 쳐다보고 있다.
펼쳐진 골판지 상자 밖으로 시커먼 발바닥을 내놓고
먼지와 소음 속에서 자는 노숙자
안에서 살던 마음이
조금이라도 편안하게 비참해질 자리를 찾아 돌아다니다가
오늘은 유기견 안에 자리 잡고 노숙하고 있다.
슬픔이 너무 꼬질꼬질하고 꾀죄죄해서
작정하고 문질러 빨아 말려도
본래의 슬픔으로 되돌아올 것 같지 않다.
한창 싱싱하고 힘이 넘쳤을 때 저 슬픔은
크게 부풀었다 졸아들기도 하고
떨며 닥치는 대로 붙잡거나 기대기도 하고
길길이 뛰는 울음을 잡아 앉히느라 허우적대기도 했

을 것이다.

그러나 이제 유기견에서 나와
한겨울 추위를 견딜 다른 따뜻한 거처를 잡기에는
너무 지쳐 있는 것 같다.
왈칵 쏟아질 것 같은 울음이
멍청한 듯 보이는 표정 안에 굳어져서
슬픔을 느끼지 못하기에 알맞은 지능 안에 갇혀서
낯선 이를 보아도 짖을 줄을 모른다.
짖는 소리가 얼마나 컴컴한 곳에서 나오는지
얼마나 좁은 통로를 비집고 올라오는지
헤아릴 엄두도 내지 못하는 것 같다.
슬픔에 다시 네발이 달려서
개기름과 때에 찌든 털이 수북하게 덮여서
귀찮아도 어쩔 수 없이 어기적거리며 걷고 있다.

치킨고로케

달지 않고 맛있는 빵이 있었던 것 같은데 뭐였더라
한창 찾고 있는데
오늘따라 빵들이 엄숙하다
온몸을 닭발처럼 오그려 동그랗게 뭉쳐 있다
맛있는 냄새로 가리고 있지만
낮게 엎드린 등 밑에는
고요하게 관절을 접은 다리들이 보인다

어떤 맛인지 알 수는 없으나 맛있어 보이는 이름
몇 개를 사서 빵집을 나갈 때까지
진열대의 빵들은 공손하게 목과 허리를 숙이고 있다
눈알 없는 얼굴 발톱 없는 발이 덩어리 안에 있을 것이다
덩어리는 빵의 품위를 지키려고 애쓰고 있다

손잡이 없는 빵 봉지 주둥이를 틀어쥐니
억센 손아귀에 잡힌 닭 모가지처럼 빵이 끌려온다
봉지 안에서 기포를 터뜨리며 튀겨지는 치킨 냄새가
난다
잘게 빻은 가슴 눈알 심장에서

파닥거림 없는 날개 발버둥 없는 다리 냄새가 난다
대가리 없는 명상 냄새가 난다

우는 어깨처럼 들썩거리며 기름에 튀겨지면서도
저 낮게 엎드린 자세를 유지했으리라

멧돼지가 온다

멧돼지가 나타나면 앞뒤 잴 것도 없이 도망가야 한다
몽둥이나 삽은 손을 버리고 저 먼저 달아날 테고
담장도 문도 다 숨어서 찾을 수 없을 것이다

멧돼지를 피해 땅속 깊이 숨어 있던 칡뿌리가
사정없이 파헤친 흙구덩이에서 뽑혀 나와
뱀처럼 구불거리며 씹히는 걸
나무들이 쳐다보고 있다
땅속에서 뿌리를 빼내 다리로 만들어 달아나야 하나
가지와 잎을 흔들며 수런거리고 있다

멧돼지가 달려오면 길은 모두 직선이 된다
피할 수 없는 최단 거리가 된다
부딪히는 건 다 부러지거나 나동그라지는 속도가 된다
공포는 멀찍이 물러났다가 한참 뒤에야 덮쳐온다
순간적으로 다리가 얼어붙지 않도록
미리미리 허벅지와 종아리에게 단단히 일러두어야 한다

무엇이든 들이받으면 뿔이 된다는 주둥이

감자밭 고구마밭에 가면 쟁기가 된다는 주둥이
멀리서도 트럭 엔진 소리가 난다는 육중한 주둥이가
온다
머리가 어디 있고 다리가 어디 달렸는지 알 수 없는
시커먼 바윗덩어리가 온다

씩씩거리며 내뿜는 뜨거운 어둠이 목덜미에 느껴진다면
머리카락이 곤두서고 숨이 가빠진다면
멧돼지가 오는지 살펴봐야 한다
벌써 몇 걸음 앞에 와 있을지 모른다
일하다가도 밥 먹다가도 다 팽개치고 달아나야 한다
책 속에도 꿈속에도 숨을 곳은 없다

비둘기에 대한 예의

차가 다가오고 있는데도 비둘기는 비키지 않았다.
뻔히 타이어를 보면서도 날아갈 기미가 없었다.
아주 느리게 다가가면서 위협했지만
먹이를 향한 순도 높은 집념과
수많은 구두를 다 비켜 가게 했던 배짱이
타이어 앞에서도 조금도 주눅 들지 않고 버티고 있었다.
아침부터 피와 깃털로 타이어를 더럽힐 수 있는지
물컹거리며 짓뭉개지는 느낌을 목구멍으로 넘길 수 있는지
할 테면 얼마든지 해보라는 기세였다.
과자 부스러기를 쪼는 부리에 몸통이 단단히 박혀 있어서
아무리 용을 써도 빠질 것 같지 않았다.
급하게 차를 피했다가는
먹이에 붙어 있는 부리에서 머리통이 우두둑 뜯겨버릴 것 같았다.
뒤차가 빵빵거렸지만
먹이 쪼는 부리는 바닥에 둔 채
몸통만 다급하게 날아오르는 꼴을 보고 싶지는 않았다.

저 물아일체와 무아지경을 깨뜨리고

성실한 노숙을 방해할 권리가 나에게 있는 것 같지 않았다.

보험을 두둑하게 들어놓고

비둘기 자해공갈단이 어디엔가 숨어서 지켜볼 것 같아서

귀찮은 사건에 휘말리고 싶지도 않았다.

타이어는 이빨과 발톱을 등과 무릎처럼 둥글게 구부리고 앉아

다른 비둘기들이 더 몰려오기 전에

비둘기가 어서 식사를 마쳐주기를 기다렸다.

꽁치구이

젓가락을 대보기도 전에 불길이 먼저
부드러운 혀로 구석구석 꽁치 맛을 본다.
꽁치는 불을 향해 눈을 부릅뜨고
위협적으로 입을 벌려보지만
불은 아랑곳하지 않고 눈과 입까지 핥는다.
간지러운 듯 지느러미를 가늘게 떨고
배를 조금씩 들썩거릴 뿐
꽁치가 할 수 있는 일은 하나도 없다.
붉은 혀에서 흘러나온 침이 흘러서
꽁치에 번들번들 윤기가 흐른다.
게걸스럽게 끓는 침이 사방으로 튄다.
불길이 다 먹고 남은 꽁치
혓바닥 자국이 선명하게 남은 꽁치를
젓가락들이 발을 동동거리며 기다리고 있다.

방광은 터질 것 같은데

온몸이 손가락 끝에 몰려 있다.
손가락이 눈이 되고 다리가 되도록 헤매도
작은 가방 안은 넓고 넓어
열쇠는 보이지 않는다.
멀쩡한 눈을 두고도 앞이 보이지 않아
손가락에서 머리털이 곤두선다.
급한 손길은 점점 난폭해지고 거칠어지는데
열쇠를 꼭꼭 숨긴 잡동사니는
손가락을 뒤죽박죽 덮어 시야를 가린다.
온몸에 가득 찬 시각장애인이
캄캄한 시력을 긁고 또 긁어댄다.
가방이 찢어지고 잡동사니가 쏟아져 나올 것 같다.
제가 찾아주기라도 할 것처럼
발가락은 신발 속을 뒤지며 종종거리고 있다.

뜨거운 커피

손톱 밑을 파 들어간 바늘 맛을 본 듯
손가락이 소스라친다.
커피는 종이컵을 투과하지 못하지만
열은 종이컵을 투과하여 손에 엎질러진다.
혀는 커피를 마시고 싶지만
손가락이 먼저 맛을 보고 혀 대신 질겁해준다.
뜨거움이 커피처럼 손을 덮쳐서
살갗이 일어날 지경이다.
마시지 않고도 코는 커피에 닿아 있고
데지 않고도 혀는 맛에 닿아 있고
손가락만 뜨거워 어쩔 줄 모른다.
손가락에서 쏟아진 커피가 가슴에서 다시 쏟아진다.
등골을 타고 다시 엎질러진다.
뜨거움에 찔린 오줌 한 방울이 찔끔 나온다.
커피가 식었음직한 때를 기다렸다가
손이 다시 종이컵에 다가간다.
사라져 흔적도 없는 미세한 기억들이
느닷없이 손가락으로 말초신경으로 몰려온다.
혀는 이미 맛을 보기 시작했는데

손가락이 움찔거리기도 전에

두피와 발가락과 항문이 확 벌어졌다가 움츠러든다.

베개

옆으로 누운 귀에서 베개가 두근거린다
베개에서 심장 뛰는 소리가 난다
동맥이 보낸 박동이 귀에서 울린다
심장이 들어오고 나가느라
베고 있던 머리가 규칙적으로 오르내린다
베개와 머리 사이엔 실핏줄들이 이어져 있어
머리를 돌릴 수가 없다
숨소리들이 모두 입술을 벌려
베개에서 출렁거리는 리듬을 마시고 있다
고막이 듣지 못하는 소리가
잠든 귀를 지나 꿈꾸는 다리로 퍼져간다
소용돌이치는 두근두근을 따라
온몸이 동그랗게 말려 있다

손톱

손톱깎이 앞니는 손톱달 모양이다.
딱! 딱! 손톱 먹는 소리가 난다.
상현달 깎이는 소리가 난다.
소리는 멀리 날아오르지 못하고
보이지 않는 포물선을 그리며 떨어져서
어디선가 두껍고 딱딱하게 오그라든다.

발바닥에 따끔 밟히는 게 있어서
보니 얼마 전에 잃어버린 손톱이다.
방 안을 굴러다니면서도
연분홍으로 손가락 머리를 덮으려 하고 있다.
손가락을 길게 당기며 늘어나고 있다.
몸통에서 나오는 팔다리 손발 손가락발가락을
사방으로 퍼뜨리고 있다.

손가락에서 돋는 투명한 달이 되지 못하고
밤하늘까지 튀어 오르는 소리가 되지 못하고
먼지들이 모이는 곳 어딘가에
굽어지고 웅크린 것들은 굴러다닌다.

스마트폰

눈알이 스마트폰에 달라붙어 있다.
떨어지지 않는다.
얼굴을 옆으로 돌릴 수가 없다.
스마트폰에 붙들려 모두 고개를 푹 숙이고 있다.

머리를 억지로 잡아당겨 화면에서 떼어내고 싶지만
두 눈알은 스마트폰에 남고
눈구멍이 뻥 뚫린 머리통만 떨어져 나올 것 같아
엄두가 나지 않는다.
커터 칼은 눈알을 떼어내고 싶어 근질근질하지만
눈알을 잘못 떼어 눈동자는 화면에 붙고
흰자위만 떨어져 나올까 봐
칼날을 지퍼 필통에 꽉 가둬놓기로 한다.

스마트폰 화면을 콘택트렌즈처럼 낀 눈알을
몸통과 함께 조심조심 들어서
안과 수술실로 실어 갔으면.
하지만 전동차 가득
스마트폰마다 붙어 있는 저 많은 눈알을

어떻게 다 옮긴단 말인가.
전동차 열 량이 한꺼번에 들어갈 안과도 없을 텐데
추락하는 여객기를 받다 말고
어떻게 슈퍼맨더러 영화 밖으로 나와달라 하겠는가.

눈알이 스마트폰에 달라붙지 않는 신상품은
대체 언제 출시된단 말인가.

중독성

매연, 그거 중독성 있어.

한 모금만 들이켜도 핏줄 돋은 굵은 배기통이 느껴지거든.

달리고 싶어 숨구멍들이 다 달궈지는 환각성이 있어.

시동을 거는 순간 온몸은 심장이 되고

갑자기 모든 세포는 순간 가속 200킬로미터가 되지.

엔진 소리에서 니코틴과 알코올이 나오고

진동에서 엔도르핀과 아드레날린이 분비되어

소리만 들어도 저절로 취하게 되지.

엔진과 심장이 뒤바뀌어 핏줄이 미쳐버려.

오죽 뜨거웠으면 영종도에서 동호회 회원끼리 레이스하다가

폭스바겐이 크라이슬러를 박아 죽였겠냐고.

네 개의 굵은 배기통으로 빵빵 뿜어대도

금연이나 음주 단속 같은 성가신 일도 없다구.

흡연석 기웃거리거나 눈치 볼 필요도 없다니까.

1,690cc 할리데이비드슨은 매연을 뿜는 순간

혈압이 단숨에 수직 상승하면서

모든 풍경이 타이어 끝에서 두 쪽으로 갈라져버리지.

팔뚝 같은 놈이 펄떡거리는 손맛이 온몸에 쫙 퍼지면서
쫄깃쫄깃한 풍경이 좌우로 빠르게 해체되거든.
울퉁불퉁한 지면의 탄력이 사타구니를 팍팍 튕겨주지.
한밤중에 경찰들이 쫓아오는 매연 맛은 정말 죽여.
핏줄은 녹고 허파는 뚫리고 머리는 날아가버려.
호흡기와 혈관에서 매연이 떨어지면
온몸의 털과 구멍이 간지럽게 쑤셔대서 못 견딘다구.
매연, 그거 중독되면 약도 없어.

카톡!

카톡! 소리가 어디선가 들려온다
심장에서 허파에서 진동하며 나오는 소리처럼
따뜻한 피가 흐르고 있는 소리처럼

손가락들은 열심히 뛰고 있을 것이다
손가락에 목청과 혀가 달려 있다는 듯이
말은 오래전에 입에서 손으로 넘어갔다는 듯이

사람들이 꽉 찼는데도 지하철은 조용하다
조는 사람 하나 없지만
모두가 입과 귀를 닫고 고개를 숙이고 있다

곁에 있는 사람들을 제쳐두고
보이지 않는 얼굴 들리지 않는 귀와 얘기하느라
손가락은 수다스럽고 입은 할 일이 없다

카톡! 고양이처럼 카톡! 카톡! 강아지처럼
배고픈 소리들이 울고 있다
어서 손가락으로 먹이를 찍어달라는 듯이

낙지

머리카락 자라듯 뾸 솟아나듯
두개골 없는 머리통을 뚫고 나온 다리들

굴뚝에서 도망치려 하면서도
굴뚝 아가리에 단단히 매달려 있는 연기처럼
머리통을 붙들고 있는 다리들
머리통에서 빠져나오고도 머리통에 붙들려 있는 다리들

심장이며 내장이며 얼굴까지
다 물렁물렁한 대머리 속에 집어넣고
꽉 막힌 먹물 덩어리에 쑤셔 넣고
끓는 국물을 더듬고 있는 다리들
아무리 뜨거워도 느릿느릿 발버둥 치는 다리들
끓는 기포를 막으려고 조용히 꿈지럭거리는 다리들

들썩거리는 뚜껑과 냄비 틈새에 살짝 비어져 나와
가늘게 떨고 있는 다리 하나

공원의 의자

네 다리가 앉아 있다.
무릎이 펴지지 않아서
스스로 일어설 수 없어서
서지 못하고 앉아 있다.

허리를 곧게 펴고
부동자세로 앉아 있다.
다리가 꼬아지지 않는다.
꼿꼿한 등받이에 척추가 생긴다.

명상에 잠겨 있다.
머리가 없어서 명상에 잠겨 있다.
엉덩이가 머리가 되도록
깊이 명상에 잠겨 있다.

종일 앉아 있으면서도
앉을 자리가 비어 있다.
바람이 와서 앉아도
햇빛이 와서 앉아도 비어 있다.

새가 와서 앉아도
엉덩이가 생기지 않는다.
나비가 와서 앉아도
몸무게가 생기지 않는다.

종일 의자는 비어 있어서
공기에 엉덩이가 생길 것 같다.
허공에 무게가 생길 것 같다.
무늬목에서 옹이에서
잎이 돋을 것 같다.

4부

겨틀

몸 없는 숨이 혼자 걷는 순간에 온다. 저녁 7시 거리의 혼잡과 소란에 팔다리가 달려서 걸어가는 순간에 온다. 맞은편에서 오는 발걸음들이 뻔히 보이는 나를 투과할 때 온다. 두근거림이 없어서 아무리 깊이 숨 쉬어도 심장의 끝이 닿지 않을 때 온다.

가로등이 비추는 거리가 두껍고 따뜻한 옷이 되어 나를 입을 때 온다. 저녁이 문 없는 방으로 들어올 때 온다. 방이 몸에 딱 맞아서 입은 것 같지 않을 때 온다. 양말 안에서 발톱 자라는 소리가 보일 때 온다. 발톱 자라는 소리가 창밖 아이들 떠드는 소리보다 커질 때 온다.

콧구멍 없는 실내가 갈비뼈 사이에서 천천히 부풀었다 줄어들 때 온다. 방에 골목이 많아서 걷기 좋을 때 온다. 발이 없어도 저절로 걸음이 생겨날 때 온다. 골목이 구부러지는 곳에 더 많은 골목이 숨어 있을 때 온다. 발걸음보다 먼저 간 발자국 소리가 저 혼자 멀어질 때 온다.

물방울이 맺혀 있는 동안

비가 그치고
나뭇가지는 구불거린다
햇빛 물방울 다리가 달려서
나뭇가지는 구불거리며 기어간다
어느 하늘일까
우듬지는 고개를 들고 다음 허공을 더듬는다

물 발자국도 남기지 않고
투명한 다리들이 하늘을 밟으며 기어오른다
뭉게구름이 일어나도록
짧은 다리로 하늘을 하얗게 긁는다

다리 많은 가지들이
나무를 뚫고 나와 달아난다
자꾸만 달아나는 가지를 나무가 꽉 붙잡아서
다른 자리에 다른 가지는 또 기어나온다
너무 많은 가지를 붙들고 서서
나무는 속수무책이다

하늘을 향해 아무리 꿈지럭거려도 제자리여서
나무는 쭉쭉 늘어나기만 한다

매몰지

풀이 땅에 구멍을 뚫고 있다
땅속에 숨통을 심고 있다

수백 개의 콧구멍이 흙덩어리 숨을 들이쉬다가 멈춰 있는 곳 놀란 순간이 떨어지고 있는 흙으로 덮인 채 눈 뜨고 있는 곳 뒤틀리는 살덩어리와 흙 먹은 비명이 막힌 숨을 뚫고 나가려다 굳어 있는 곳 필사적인 꿈틀거림이 두꺼운 살갗에 숨구멍을 뚫다가 부러져 있는 곳 다 썩지 못한 가죽과 팔다리가 검은 핏물과 악취 가스가 되어 땅속을 발버둥으로 긁어대는 곳 한 삽 흙을 뜨면 두개골과 다리뼈가 뿌리처럼 우두둑 뜯겨 나올 것 같은 곳 봄이 되면 땅속을 긁는 발톱들 때문에 땅거죽에 소름이 돋는 곳 바람도 부스럼이 생겨 가려운 등을 나무와 바위에 비벼대는 곳 진저리 치던 뿌리가 맹렬하게 말라 죽어가는 곳

풀이 썩은 어둠에 푸른 파이프를 박고
여린 숨을 퍼 올리고 있다

외투 입은 여름

좁고 굽은 등 위에 어깨가 솟아 있다.
머리가 자꾸 어깨 밑으로 들어가고 있다.
살갗에 추위가 가득 돋아나서
한여름인데도 낡은 겨울 외투를 입고 있다.
옷과 마찰한 곳에서 살이 가려운 소리가 난다.
얇은 원통 안에서 거칠게 도는 숨소리가 들린다.
기침할 때마다 양철통 울리는 소리가 난다.
걸을 때마다 뼈들이 삐걱거린다.
없는 것 같은 몸을 껴입은 옷이 헐렁하다.
걸음이 비틀거려 자주 발자국을 놓친다.
눈이 무거워 자꾸 고개가 숙여진다.
표정이 마모되어서 알아보는 사람이 없다.
사람들이 꽤 다니는 거리를 여러 번 지나갔으나
아무도 그런 사람을 봤다는 사람은 없다.

참새구이

한 떼의 참새가
광활한 겨울 한복판에다
좁쌀만 한 봄을 연신 실어 나르고 있다

얼어 돌덩이가 된 거리가
허공을 마구 휘갈기는 날갯짓에 움찔거린다
간질거리는 울음소리에 살짝 뒤틀린다

얼어 뻣뻣해지기 직전까지 갔다가
겨우 풀려나와 콩콩 뛰기 시작하는 심장이

아침 햇빛 내리자마자
활짝 깃털을 펴고 솟아오른다
거대한 공기 얼음벽에 낙서하듯 날아다닌다

담벼락 밑엔 얼어붙은 토사물
참새 부리들이 쪼아 녹이는 토사물
포장마차 거리엔 여전히 뻘건 참새구이 냄새

작은 머리통으로 겨울 천장을 깨는

저 막무가내 활기를

뼈에 간신히 붙은 고기 한 점과 맞바꾼 냄새

개나리 울타리

개나리 가지들이 하늘에다 낙서하고 있다.
심심해 미쳐버릴 것 같은 아이의 스케치북처럼
찢어지도록 거칠게 선을 그어
낙서로 구름 위에 깽판을 치고 있다.
하늘이 지저분해지도록
늦겨울 흑백 풍경을 박박 그어 지우고 있다.

작년 봄에 전지가위가 가지런히 잘라줬는데
잘린 자리가 엉킨 전깃줄처럼 또 헝클어져 있다.

시린 바람에 날아가던 검은 비닐봉지가
낙서에 걸려 종일 파닥거리고 있다.
낙엽이 담배꽁초, 종이컵, 과자 봉지를 몰고 다니다
낙서 밑으로 모여 바스락거린다.
쓰레기를 지우려다 낙서가 더 칙칙해지고 있다.

진달래 꽃망울을 지나가던 바람
목련 꽃봉오리를 터뜨리던 희디흰 향기가
낙서를 피해 가려다 걸려

녹슨 철조망 같은 얼기설기 가지 위에다
노랑노랑 꽃망울을 틔우고 있다.

신경질 나게 휘갈긴 선들마다
빛 구멍 뚫린 하늘을 화들짝 쏟아내고 있다.

꽃 지고 난 후의 연두

아직 말할 줄 모르는 어린 혀의 색이다
제가 연두인지 모르는 색이다
색이 없는 곳에 있다가
햇빛과 바람이 닿자마자 막 생겨난 색이다
하늘이 땅이 오래오래 감춰두었다가
조금씩 내어준 색이다
알 수 없는 색이 계속 스며들고
처음 보는 색이 제 안에서도 우러나오고 있어
아직 어떤 색이 될지 모르는 색이다
소리는 명랑하고 가락은 활발하지만
노래가 뭔지 모르는 새가
여리게 우짖으며 퍼뜨리는 색이다
봄이 더 익어
굳은살 단단한 살 질푸른 살이 잎에 붙으면
그 속으로 들어가
다시는 나올 것 같지 않은
아슬아슬하고 조마조마한 색이다

물 긷기

커다란 물통 하나가
가는 팔을 밧줄처럼 잡아당기고 있다.
물통의 무게에 지지 않으려고
등뼈는 반대쪽으로 가파르게 휘어져 있다.

가만히 놔두면
제 안에 든 구름을 조금도 흐트러뜨리지 않는
잔잔하고 조용한 무게가
얇은 양철 테두리 안에서 들끓고 있다.
어두운 우물 속에서
홀로 고요해지다 깊어지던 물이
물통에 들어왔다가 놀라 찰랑거리고 있다.
작은 바지 어린 고무신을 적시며
휘청거리는 걸음을 넘어뜨릴 듯 따라오고 있다.

우물과 집 사이
돌이 많기도 많았던 비탈길.
신음으로 부는 휘파람이 팔다리를 지탱하던 저녁.

여러 번 버렸으나 한 번도 버려지지 않은 것들

버릴까 말까 망설이는 사이에 쌓인 것들
버리면 당장 필요해질 것 같은 것들
쓰지 않는데도 쓰고 있는 것만 같은 것들
어쩌다 버려져도 여전히 그 자리에 있어서
버렸는지 쓰고 있는지 알 수 없는 것들

잃어버려도 잃었는지 몰라 마음이 놓이는 곳에
눈앞에 빤히 보여도 안 보이는 곳에
잡동사니는 먼지를 모으며 쌓이고 있다
어디에 쌓여야 할지 몰라 어질러지고 있다
버리자마자 그 자리를 다시 채우고 있다

언제 쓸지 모르면서도 시간만 마냥 늘려서
제가 있다는 것을 힘겹게 감당하고 있다
아침에 나간 주인이 영영 돌아오지 못한다 해도
다 쓸 때까지 기다리고 있을 것 같다

몸이 죽었는데도 여전히 뭔가를 쥐고 있는 손은
나중에 어디 가서 혼자 죽나

잠긴 현관문 안에서 문밖의 소리마다 귀를 세우며
인기척과 발소리를 기다리고 있는 것들
코와 귀와 꼬리가 달려 있어서
버릴 생각이 드는 순간 바로 눈치채는 것들

해설

사물주의자의 틈

송승환
(시인, 문학평론가)

김기택 시인은 사물주의자이다. 그의 시에서 사물은 일상 세계의 도처에서 출현하며 일상의 삶 자체를 개진한다. 사물은 인간의 삶을 구성하고 삶의 사태에 참여한다. 인간의 삶은 사물과 함께 사물 안에서 사물을 통하여 전개된다. 그럼에도 불구하고 사물은 일상에서 잘 보이지 않는다. 사물은 모든 곳에 편재遍在하고 있으면서도 마치 보이지 않는 곳에 편재偏在한 것처럼 있지 않은 듯이 있다. 사물은 인간의 의식 이전에 현존하고 있음에도 사물에 대한 의식의 지향성을 표명하기 전까지 부재한 듯싶다. 그것은 인간의 편에서 사물을 바라보는 시선에서 기원한다. 인간의 생활 세계에서 사물은 경제적 효율과 일정한 효용성의 기준에서 판단되고 분류된다. 즉각적인 쓸모와 경제적 이득이 없다면 어떤 사물은 사람과 같은 공간에 있더라도 사람과 함께 있지 않은 사물처럼 있게 된다. 사물에 대한 의식의 지향성이 작동하고 의식의 빛이 비칠 때까지 사물은 '있지 않음의 있음'이라는 존재의 양식으로 있는다. 사물은 인간의 의식과 감각의 바깥에 다만, 그 자리에, 그 자체로 미명 속에 있는다. 사람이 없는 집. 빈집. 사물로 가득한 집에 대하여 "아무것도 없다". 의심 없이 말할 때의 '아무것도 없음', '비어 있음'. 그것이 인간의 편에서 바라본 사물의 있음, 사물의 존재 양식이다.

인간의 편에서 사물은 사물의 사태, 자체로 온전히 인식되지 않는다. 푸른 사과는 모두 다른 '푸른' 사과인데, 푸름의 명도와 채도는 고려되지 않는다. 어떤 푸른 사과를 최초로 바라보려는 시도조차 없이 '푸름'의 차이가 제거된 푸른 사과. 단일한 이름으로 호명되고 인식된다. 푸름의 고유한 사태를 적확히 바라보지 않는다. 이미 축적된 푸름에 대한 경험과 지식에 근거하여 눈앞의 푸른 사과를 바라본다. 경험과 지식은 푸름의 고유성과 사과 고유의 맛과 질감과 형태에 대하여 정확히 알지 못한다. 사물에 대한 고정관념이다. 앎의 한계와 언어의 오류가 상존하고 있는 인간의 편견이다. 이것이 인간의 편에서 바라본 사물에 대한 익숙한 앎, 사물에 대한 인식 방식이다.

여전히 우리가 눈앞의 푸른 사과를 익숙하게 바라본다면 우리는 푸른 사과를 한 번도 제대로 본 적 없다. 푸른 사과를 최초의 시선으로 바라보기. 날것의 감각으로 익숙한 사물과 낯설게 마주 서기. 사물의 입장에서 인간과 세계를 바라보기. 그것은 인간의 편이 아니라 사물의 편이다. 사물의 편은 인간의 고정관념으로 사물과 세계 바라보기를 정지시킨다. 사물의 편은 사물에 대한 판단중지 상태로 되돌아가서 삶과 세계의 사태, 자체로 바라보는 시원始原의 자리를 마련한다. 사물의 편은 견고한 고정관념으로 인식한 삶의 가치와 사물에 대한 판단을 무화시킨다. 소외를 양산하는 '지금-여기', 노동하는 삶과 쓸모 있는 사물을 다시 최초의 시선으로 바라본다. 자본의 교환가치에 짓눌린 삶과 사물에 대한 고정관념 너머 다른 삶과 다른 가치의 사물을 시원의 자리에서 탐색한다. 사물의 편에서 삶과 사물을 바라본다는 것은 인간 중심주의에 대한 성찰을 수행하고 다른 삶의 가치를 모색하는 일이다. 그런 점에서 김기택 시인은 지금까지 사물에 의한, 사물을 위한, 사물의 편에서 올곧이 사물의 시를 써온 사물주의자이다.

다 열려 있지만 손과 발이 닿지 않은 곳
비와 걸레가 닿지 않는 곳
벽과 바닥 사이로 들어가 나오지 않는 곳

하루 종일 있지만 하루 종일 없는 곳
한낮에도 보이지 않는 곳
흐르지 않는 공기가 모서리 세워 박힌 곳

—「구석」 부분

서시序詩「구석」은 시집이 궁구하는 시적 공간을 표명한다. 사물주의자 시인은 평소 생활 세계에서 망각되고 닿지 않고 보이지 않는 공간, '구석'에 의식의 빛을 밝힌다. 구석은 사람이 살아가는 공간이라면 어디든 존재하는 곳이지만 구석을 항상 상기하는 사람은 드물다. 구석은 사람과 함께 "하루 종일 있지만 하루 종일 없는 곳"이다. 열려 있음에도 닿지 않고 한낮의 어둠 속에서 보이지 않고 각진 모서리의 형태로 그곳에 있다. 구석은 '있지 않음의 있음'이라는 사물의 존재 양식처럼 있으면서 다른 사물들과 어둠에 가려진 곳이다. 부재의 현존으로 있는 사물들의 거처이다. 사람이 더 나아가지 못하는 막다른 곳이다. 외지고 그늘지며 먼지와 벌레와 습기, 냄새와 곰팡이가 돋아나는 곳이다. 사람이 외면하는 곳이다. 그런데 아기는 구석을 탐색한다. 어른들과 달리 구석에 대한 가치 판단이 없는 대신 호기심 많은 아기에게 구석은 되려 "엄마가 없어도 튼튼하고 안전한 곳"이며 "온몸이 들어가도 넉넉한 곳"이다. 아기에게 구석은 "후벼"보고 "긁어"보고 "빨아"보고 싶은 공간이다. "모서리에 웅크리고 있는 모서리/구석에 숨어 있는 구석마다/콧구멍을 들이대고 킁킁거"(「털이 날리고 지저분해지기에」)리는 "몰티즈"처럼 아기는 사물과 세계에 대한 호기심과 지적 열정을 표출한다. 아기는 구석에 대한 판단중지 속에서 구석의 가치를 최초로 발견한다. 아기에게 구석은 어머니의 자궁처럼 안온한 공간이다. 아기와 몰티즈는 사물의 편에서 구석을 발견하고 모서리와 만난다. 구석 모서리에 있는 미명의 어둠과 미지의 존재와 만난다. 모서리는 공간의 벽과 벽이 만나는 구석의 끝이자 인간이 더 나아갈 수 없는 세계의 끝이다. 그러나 모서리는 인간들에게 세계의 끝일 뿐 미지의 사물들에게는 세계의 시작이다. 사물들의 세계가 개시되는 구석이다.

검은 덩어리가 뛰어 들어간 곳을 보니
골목길은커녕
주먹 하나 들어갈 공간도 없다
벽만 있다
그 벽의 균열 하나가
미처 감추지 못한 꼬리가 보일 것 같은
틈으로 쳐다보고 있다
전봇대에 발이 달려 있는 것 같은데
쳐다보면 없다

틈이 없는 것 같은 담 밑으로
털가죽 달린 쥐구멍이 들어가고 있다

심장이 제 박동을 죽이며 웅크리고 있다고
가끔 지붕이 운다
맨홀이 운다

—「야생 2」 부분

「야생 2」는 사물주의자가 갑자기 마주친 사태의 현장이다. 검은 덩어리는 정체를 분별할 수 없는 존재. 어떤 이름으로도 호명할 수 없는 생명체. 제목 '야생野生'이 환기하는 바와 같이 문명 바깥에 사는 어떤 생명체이다. 그것은 잠시 문명 세계로 들어왔다가 다시 야생의 터전으로 되돌아간다. 사태의 순간을 목격한 사람이라면 대부분 두려워하거나 무관심하게 지나간다. 그러나 사물주의자는 아기가 구석의 모서리를 탐색하듯이 사물의 편에서 "검은 덩어리가 뛰어 들어간 곳"을 추적한다. 골목길도 주먹 하나의 공간도 없는데 검은 덩어리의 자취를 찾을 수 없다. 다만 막다른 '벽'만 있다. 벽. 문명 세계라는 가시적 세계의 끝. 사물주의자는 가시적 세계의 끝, 벽에서 "균열 하나"를 찾아낸다. 균열 하나에서 새어 나오는 빛. 야생의 비가시적 세계가 시작되는 '틈'을 어둠 속에서 발견한다. 그 틈으로 "털가죽 달린 쥐구멍이 들어가고" 있음을 목격한다. 틈 너머 보이지 않는 야생의 현존을 확인한다. 세계는 문명의 가시적 세계만 있는 것이 아니라 벽의 틈, 구석의 모서리 너머 야생의 생명과 비가시적 존재가 있음을 인식한다. 보이지 않는 야생의 생명과 사물들이 인간의 삶과 공존하고 있음을 계시한다. 사물주의자는 틈을 매개로 틈 너머 보이지 않는 존재들의 숨결과 움직임을 감각하고 교감한다. "화분"이 갑자기 꿈틀거리고 "보도블록이 물결"치는 사태의 배후에 들고양이 같은 야생의 생명체가 있음을 감각한다. "어둠에 빛이 새어 나온다 싶더니/빛구멍 뚫린 눈알"(「야생 2」)임을 인지한다. "가끔 지붕"이 울고 "가끔 뒤통수"가 우는 것을 듣는다. 맨홀과 발밑의 울음을 듣는 감각적 예지자叡智者. 사물주의자가 틈을 통해 틈 너머 야생의 존재와 비가시적 세계의 사물들을 감각하고 교감하는 일은 강아지가 후각을 통해 감지하는 냄새와 감응하는 것과 다르지 않다.

> 콧구멍으로 이어진 모든 길을 거칠게 휘젓는 냄새에
> 코가 꿰어 끌려 들어간다
> 수천수만의 코와 꼬리가 뛰어다닐 것 같은 곳으로
> 이름과 표정과 살아온 내력과 가계와 전생까지
> 한 냄새로 다 투시하는 코들이 있을 것 같은 곳으로
> 냄새를 향해 뻗어 내려간 뿌리들의 끝이 보일 것 같은

곳으로

네 발바닥 질질 끌리며 끌려 들어간다

냄새는 점점 커지고 사나워진다

좁은 틈으로 수축했다가 동굴처럼 늘어나는 기다란 구멍이

벌름거리는 콧구멍을 삼키고

콧구멍에 매달린 머리통과 몸통까지 다 삼켜버릴 기세다

—「강아지는 산책을 좋아한다」 부분

강아지는 후각을 통해 냄새의 진원지를 탐색하고 진원지에 남아 있는 보이지 않는 존재의 현전現傳을 밝힌다. 보이지 않는 존재의 고유한 냄새를 감각하고 그 장소에 미지의 존재가 있거나 있었음을 밝힌다. "좁은 틈으로 수축했다가 동굴처럼 늘어나는 기다란 구멍"의 냄새 속으로 "코가 꿰어 끌려 들어"가서 "이름과 표정과 살아온 내력과 가계와 전생까지/한 냄새로 다 투시하는 코"로 보이지 않는 존재를 분별한다. 근대도시의 삶에 적응하면서 퇴화된 인간의 코가 지니지 못한 투시력이다. 그 점에서 구석을 "후벼"보고 "긁어"보고 "빨아"보는 아기의 촉각과 미각, 강아지의 후각이 사물의 편에서 틈 너머 보이지 않는 존재를 감지하는 사물주의자의 감각적 특징이라면 근대 도시인의 시각은 빛의

영역에서 보이는 것만 감지하는 인간의 감각적 특징이다. 빛이 없다면 인간의 시각은 어둠 속에서 미지의 존재를 감각할 수 없다. 빛이 있더라도 벽의 장막이 있다면 어떤 사물도 볼 수 없다. 근대적 삶의 시각 중심주의 감각은 틈 너머 야생의 삶, 비가시적 세계가 현전現前하고 있음을 인지하지 못한다. 시인은 사물주의자의 감각으로 틈 너머 야생의 삶과 비가시적 세계의 있음을 투시한다. 아기와 강아지와 들고양이의 감각으로 틈 너머 비가시적 존재를 일상적으로 지각한다. 이상 사물주의자의 감각이 스며있는 1부의 시편들은 시집 『낫이라는 칼』에서 틈의 '존재와 시간'을 전개하기 위한 시적 사유의 초석이다.

> 똑똑 눈이 땅바닥을 두드린다
> 팔에서 길게 뻗어 나온 눈이 땅을 두드린다
> 땅속에 누가 있느냐고 묻는 듯이
> 곧 문을 활짝 열고 누가 뛰어나올 것만 같다는 듯이
>
> 눈은 공손하게 기다린다
> 땅이 열어준 길에서 한 걸음이 생겨날 때까지
>
> 팔과 손가락과 지팡이에서 돋아난 눈이 걷는다
> 한 걸음 나아가기 전까지는

거대한 어둠 덩어리이고 높은 벽이고 아득한 낭떠러지
이다가
눈이 닿는 순간
단 한 발자국만 열리는 길을 걷는다

더듬이처럼 돋아난 눈은 멀리 바라보지 않는다
하늘을 허공을 올려다보지 않는다
나아갈 방향 말고는 어느 곳도 곁눈질하지 않는다
눈이 닿은 자리, 오직 눈이 만진 자리만을 본다

어쩌다 지나가는 다리를 건드리거나
벽이나 전봇대와 닿으면
가늘고 말랑말랑한 더듬이 눈은 급히 움츠러든다

눈이 두드린 길이 몸속으로 들어온다
온몸이 눈이 되고 길이 된다
허리가 잔뜩 줄어들었다가 쭉 펴지며 늘어난다
몸 안으로 들어온 길만큼
한평생의 체중이 실린 또 한 걸음이 나아간다

—「눈먼 사람」 전문

「눈먼 사람」은 김기택 시인이 건축한 틈의 시학이다. 틈 너머의 세계가 구석의 모서리와 시각의 바깥에만 있지 않다는 예지의 눈빛이 서려 있다. 틈 너머의 세계는 사물에 대한 고정관념에 균열을 일으키고 일상의 사물을 다르게 바라보는 시선의 틈에서 펼쳐진다. 사물주의자는 도시의 거리에서 '눈먼 사람'과 그의 지팡이를 마주친다. 라이너 쿤체Reiner Kunze는 "사물을 짚어"보고 "인식하기 위하여" 시를 "시인의 맹인 지팡이"(「시학POETIK」)로 바라보는데 김기택은 땅바닥에 닿는 순간에만 확보되는 지팡이의 작은 한 점 시야를 '눈眼'으로 바라본다. 지팡이에 대한 판단중지 속에서 지팡이를 눈먼 사람의 눈으로 바라보는 투시의 혜안을 얻는다. 지팡이가 눈먼 사람의 눈으로 보이는 순간은 일상의 흐름 사이에 틈이 발생한 시간이다. 틈의 시간은 도시의 벽들 "경계와 틈"(「벽 2」) 사이에 다른 시간이 틈입한 순간이며 죽음도 "가끔 찰나의 틈을 통해 기웃거리"(「부음」)는 순간이다. 퇴근길 "저녁 7시 거리"에서 "몸 없는 숨이 혼자 걷는 순간"(「겨를」)이다. 사물주의자가 "안 보이는 구석이나 틈"(「깜빡했어요」)의 순간을 일상에서 목격할 때 시집의 사물들은 모두 다른 존재로 태어난다.

사물주의자는 사물이 존재 양태를 드러내는 소리를 듣는다. "굴러가는 둥근 면에서/수많은 짧은 다리들이 나오"(「연필」)는 순간을 목격하고 "연필 속에서 광물성 내장 터지는 소리"를 듣는다. "똑똑" 지팡이의 눈이 짚어낸 소리의 질감과 촉감의 깊이를 지각한다. "팔과 손가락과 지팡이에서 돋아난 눈"으로 세계의 "거대한 어둠덩어리"와 "높은 벽"과 "아득한 낭떠러지"를 가늠한다.

「눈먼 사람」에서 주목할 점은 눈먼 사람과 지팡이가 삶의 실천으로써 보여주는 앎의 윤리적 태도와 공손한 주체이다. 소포클레스의 눈먼 예언자, 테이레시아스는 단번에 완전한 인식에 도달하고 미래를 예언하지만 거리의 눈먼 사람은 "눈이 닿는 순간/단 한 발자국만 열리는 길을" 걷는다. 눈먼 사람은 지팡이의 "눈이 닿은 자리, 오직 눈이 만진 자리만을" 바라본다. 지팡이의 작은 한 점 시야가 밝히고 "땅이 열어준 길에서 한 걸음이 생겨날 때까지" "눈은 공손하게 기다"린다. 공손한 기다림. 몸가짐과 언행을 삼가고 맡은 바 직분을 다하는 삶의 윤리. 지팡이의 "눈이 닿은 자리, 오직 눈이 만진 자리"가 밝힌 "한 걸음"의 앎만을 인지하고 "한 걸음"을 정확히 실천하는 겸손함. 나는 무엇을 아는가, 항상 되묻는 성찰적 주체의 눈. 한 걸음 나아간 지팡이가 뒤이어 따라오는 눈먼 사람의 한 걸음을 기다리는 공손함과 예의. 이것은 이성적 주체의 앎이 소수자에게 자행한 일상적이며 역사적인 사건들을 우리에게 다시 환기한다. 눈뜬 사람으로서 사물의 이면과 눈먼 사람의 현존을 보지 못하는 우리가 눈먼 사람임을 알레고리로 암시한다.

타이어는 이빨과 발톱을 등과 무릎처럼 둥글게 구부리
고 앉아
다른 비둘기들이 더 몰려오기 전에
비둘기가 어서 식사를 마쳐주기를 기다렸다.
—「비둘기에 대한 예의」 부분

로드킬의 위험에도 불구하고 도로에서 먹이를 부리로 쪼고 있는 비둘기. 사물주의자는 비둘기가 "식사를 마쳐주기를 기다"린다. 비둘기의 "성실한 노숙을 방해할 권리", 자동차 타이어로 비둘기를 밟고 지나갈 권리가 "나에게 있는 것 같지 않"음을 성찰한다. 비둘기의 생명과 눈먼 사람에 대한 존중에서 우러나온 공손한 기다림과 예의를 견지하고 있는지 우리에게 묻는다. 그 물음과 성찰에서 발원한 사물주의자의 예지는 시집에서 빈번히 '~것 같다'로 표현된다.

이 문장에는
한때 이 글자들을 읽었던 모든 눈이 보일 것 같다.
—「죽은 눈으로 책 읽기」 부분

종일 의자는 비어 있어서

공기에 엉덩이가 생길 것 같다.

—「공원의 의자」 부분

사물주의자는 사물에 대한 시적 인식을 정언定言 단문으로 제시하지 않는다. 그는 '~것 같다'라는 추측의 완곡어법으로 독자 스스로 시인이 투시한 예지의 눈빛에 감응할 수 있도록 공손하게 기다린다. 공손한 기다림의 시간은 다름 아닌 틈의 시간이다. 시인과 독자와 눈먼 사람과 지팡이가 순간 합일하는 시간이다. "눈이 두드린 길이 몸속으로 들어"오고 "온몸이 눈이 되고 길"이 되는 시간이다. 일상에서 보이지 않는 틈의 존재들, "무시와 무관심"(「노숙존자」) 속에서 있지 않음의 있음으로 존재하는 소수자와 사물이 현현하고, 틈의 시간 속에서 하나됨을 경험하는 시적 순간이다. 틈의 시간은 영원히 지속되는 완전한 구원의 시간이 아니다. 틈의 시간은 사물주의자가 사물의 편에서 공손한 기다림과 예의를 갖추고 바라보는 순간에만 열린다. 라이너 마리아 릴케가 사물시편에서 사물의 현상에 대한 주관적 묘사를 통해 사물의 배후에 산재하는 삶의 신비와 사물의 이면을 투시하면서 삶의 완전한 구원을 향한 시적 주체의 기도祈禱를 드린다면, 사물주의자 김기택 시인은 틈의 시간을 통해 존재하지 않는 것처럼 보이는 소수자와 사물들의 현존을 드러내고 찰나에 도달하는 미분적

微分的 구원과 합일의 순간을 경험하게 한다. 이는 시집에 배어 있는 틈의 시학이 가진 고유한 미적 윤리이다. 무라노 시로오村野四郎가 「가을의 개秋の犬」에서 사물의 특징을 즉물적 묘사로 표현하고 사물의 즉물성을 시적 주체의 심리적 상태로 동일시하는 사물시와도 다른 점이다. 사물주의자는 틈의 시간을 통해 투시한다. 계단 내리막길 앞 전동 휠체어의 장애인(「오지 않은 슬픔이 들여다보고 있을 때」), 관절통 앓는 노인(「위장」), 무단 횡단 할머니(「무단 횡단 2」), 실직자(「실직자 2」), 노숙자(「노숙존자」), 병실 환자(「5인실」) 같은 2부의 소수자, 「돋보기안경」과 「첫 흰 머리카락」, 「유기견」과 「공원의 의자」 같은 3부의 사물들은 미분적 구원과 합일의 순간에 시적 대상이 아니라 시적 주체로서 현현한다.

> 아무도 다가오려 하지 않아서, 아무도 말 붙이려는 사람이 없어서, 저절로 사회적 거리 두기를 실천하게 된다.
>
> —「노숙존자」 부분

> 종일 앉아 있으면서도
> 앉을 자리가 비어 있다.
> 바람이 와서 앉아도
> 햇빛이 와서 앉아도 비어 있다.
>
> —「공원의 의자」 부분

사물주의자는 목격자의 시선을 견지하고 시적 주체로 현현한 소수자와 사물 자체를 더욱 강조할 때 구두점 있는 사물시를 양식화한다. 구두점을 사용한 사물시는 존재에 대한 판단중지 속에서 물성에 대한 경이로운 직관과 예지의 광경을 포착하고 미적 거리를 유지한다. 목소리의 몫이 없는 소수자와 사물의 편에서 그들의 말을 듣고 그들의 목소리가 스스로 말하는 시간을 마련하고 기다린다. 이것은 시적 인식의 완곡어법과 함께 공손한 주체의 미적 윤리가 고려된 섬세한 시적 사유의 표현이다.

안쪽으로
날이 휘어지고 있다

찌르지 못하는
뭉툭한 등을 너에게 보이면서
심장이 있는
안쪽으로 구부러지고 있다

팔처럼
날은 뭔가를 껴안으려는 것 같다
푸르고 둥근 줄기
핏줄 다발이 올라가는 목이

그 앞에 있다

뜨겁고
물렁한 것이 와락 안겨올 것 같아
날은 몸을 둥글게 말아
웅크리고 있다

—「낫」 전문

사물주의자가 틈의 시간 속에서 사물을 최초의 시선으로 바라볼 때 '낫'의 "날은 뭔가를 껴안으려는" 존재로 나타난다. 낫은 곡식과 나무와 풀을 베는 농기구이다. 베거나 썰거나 깎는 칼의 본성을 지니고 있어서 낫은 근본적으로 생명을 해치는 사물이다. "푸르고 둥근 줄기/핏줄 다발이 올라가는 목"을 쳐왔던 낫의 역사가 있다. 낫은 생명을 죽이는 칼의 본성을 기억하고 스스로 성찰한다. 생명의 "뜨겁고/물렁한 것이 와락 안겨올 것 같아/날은 몸을 둥글게 말아/웅크리"는 자세를 취한다. 그럼에도 불구하고 낫은 칼의 본성을 버리지 못하고 "심장이 있는/안쪽으로 구부러지고" 생명을 해친다. 낫은 자신의 역사를 반성하고 "찌르지 못하는 뭉툭한 등"을 내보이면서도 "심장이 있는 안쪽으로 날이 휘어지"는 본성을 직시한다. 「눈먼 사람」이 앎의 윤리적 태도와 공손한 주체의 기다림을 형상화한다면 「낫」은 자신의 본성이 지닌 폭력성을 기억하고 반성하는 윤리적 주체를 형상화한다. 낫은 낫, 칼은 칼이라는 고정관념에 균열을 일으키면서 균열의 틈에서 낫 역시 칼처럼 생명을 해치는 사물임을 투시한다. 시집에 수록되지 않고 표제가 된 『낫이라는 칼』은 낫이라는 사물이 감추고 있는 본성을 스스로 기억하고 반성하지 않을 때 낫도 칼이 되듯이 인간인 우리도 언제든 폭력적인 주체가 될 수 있음을 상기시키는 낫의 알레고리를 드러낸다. 틈의 시간에 사물들이 고정관념으로부터 풀려 나오는 순간이다.

소수자가 '지금-여기', 현존하고 있음을 드러내고 사물들이 제 목소리의 몫을 발화하면서 미분적 구원을 경험하는 틈의 시간은 순간이다. 틈의 시간은 눈먼 사람의 지팡이가 바닥에 닿는 순간 열린다. 지팡이가 바닥에서 떨어지는 순간 닫힌다. 지팡이의 눈이 밝힌 한 점 빛의 시간은 짧고 지팡이가 허공에 들어 올린 어둠의 시간은 길다. 자본의 교환가치와 소수자에 대한 차별과 사물에 대한 고정관념이 지배하는 일상의 밤이다. 소외된 노동과 일상의 습관이 반복되는 밤이다. 일상의 "습관은 여기저기 뚫린 구멍들을 빠르게 꿰매고"(「또 재채기 세 번」) "습관이 가는 대로"(「사무원 기택 씨의 하루」) 반복되는 일상은 사람의 피부와 사물의 표면에 주름을 새겨놓는다.

한번 주름이 생기면 다시 펴지지 않는 셔츠와 바지를
닮아서
이마주름, 눈주름, 입주름, 목주름도 선명해진다.

—「사무원 기택 씨의 하루」 부분

습관이 만든 주름이 있다.
주름 사이에서 몰래 자라오다가
지금 막 들킨 것 같은 손금이 있다.

—「가죽 장갑」 부분

주름은 접기와 펼치기의 반복된 결과로서 피부와 표면에 새겨진 시간의 결이다. 일상의 삶은 행동과 심리의 습관으로 이뤄진다는 점에서 "습관이 만든 주름"이며 주름의 시간이다. 일상의 습관이 굳어지고 신체와 사물이 노화될수록 주름의 골은 깊고 융기는 높다. 주름의 시간을 살아낸 피부와 표면에는 사람의 생애와 사물의 내력이 기록되어 있다. 틈의 시간이 닫히고 주름의 시간이 지배하는 일상에서 사물주의자 김기택 시인은 '사무원 기택 씨'와 마주 선다. 사물주의자는 사물을 바라보는 시선으로 사무원 기택 씨를 들여다본다. "흰 머리카락 한 올이 검은 올 사이에 삐죽 나와 있었다. 검은 머리카락들 사이에 처음 와서 몹시 당황"(「첫 흰 머리카락」)한 사무원 기택 씨의 표정을 남의 일처럼 묘사한다. 어느새 선명한 "이마주름, 눈주름, 입주름, 목주름"을 발견하면서 자신의 늙음과 마주 선다. "관절이 내지르는 비명을 입으로 쏟아내며 노인이 옆자리에 앉았다. 슬쩍 곁눈질하는 그의 얼굴에서 어떤 찰나"(「위장」)와 마주치는데, 그것은 도래할 죽음의 얼굴이 나를 바라보는 찰나이다.

노인의 "마모되어 표정 없는 얼굴"(「노인이 된다는 것」)과 "고요하게 관절을 접은 다리들"(「치킨고로케」)의 비명에서 늙음과 죽음을 성찰한다. 늙음과 함께 "작아질 대로 작아져서 눈만 겨우 남은 외로움"(「부음」)과 임박하고 있음에도 불구하고 "아무도 보지 않는"(「부음」) 죽음을 사유한다. 죽음 이후에 남겨져서 "숨 막힘을 숨"(「유족」) 쉬는 유족을 바라본다. "다시는 일어날 수 없도록 다리가 접혀 있다는 듯/제 무게와 살 속으로 들어가 나오지 않는"(「일인용 소파」) 노인 같은 소파와 내 주름을 닮은 가죽 장갑의 손금을 본다. 늙음과 마주치기 전까지 인지하지 못한 죽음과 주름의 시간을 응시한다. 늙음과 죽음 역시 구석의 모서리와 틈의 사물들처럼 보이지 않지만 우리와 함께 항상 있지 않음의 있음으로 있는 존재의 양태임을 성찰한다. 이는 시집 2부와 3부 시편들 배후를 지배하는 주름의 시간이며 틈의 시간이 일상의 밤을 통과하도록 설계한 김기택 시인의 시적 의도이다. 그것은 "몹시 슬프지만/슬퍼할 기운이 골수에서 빠져나가고"(「노인이 된다는 것」) 있다는 비애와 유머의 파토스를 자아낸다.

> 어머, 냄비가 넘치고 있어요, 아니, 그 사람이
> 제멋대로 넘쳐, 탁자 바닥이, 잠깐만,
> 넘치는 물부터 잠글게요.
>
> —「깜빡했어요」 부분

> 너어—에서 지나치게 멀리 나갔다가 허파가 폭발하기 직전에, 무!
>
> 목구멍 진동이 사타구니를 거쳐 발가락까지 돌아서 나오도록 너어—무
>
> —「너무」 부분

사물주의자는 늙어가는 사무원 기택 씨에 대한 희화화와 언어유희에서 비애와 유머의 익살을 이끌어낸다. 기억력 저하 증세를 보이는 자신에 대한 희화화와 부사어 '너무'를 강조하면서 의미의 틈을 벌리는 언어유희의 유머는 늙음의 슬픔을 조금 견딜 만한 것으로 만든다. 유머는 사무원 기택 씨가 눈먼 사람처럼 "몸 안으로 들어온 길만큼/한평생의 체중이 실린 또 한 걸음이 나아"가도록 만드는 힘의 원천이다. 그런 점에서 유머는

「눈먼 사람」이 건축한 틈의 시학을 완성하는 삶의 윤리이다. 주름의 시간. 노동과 일상의 습관이 반복되는 밤의 시간에도 유머를 잃지 않는 공손한 주체의 태도. 늙고 눈먼 육체의 유한성과 죽어감을 경험하면서도 슬픔에 침잠하지 않는 긍정의 현실주의. 사물주의자 김기택 시인의 시적 윤리. 그것은 김종삼의 「물통」 연장선에서 "우물과 집 사이/돌이 많기도 많았던 비탈길". "작은 바지 어린 고무신을 적시며" "커다란 물통 하나"(「물 긷기」)에 묵묵히 물을 길어오는 사물주의자의 예의. 김기택 시인의 고유한 시의 '물통'으로 "다름 아닌 인간"(「물통」)에게 생명수가 되려는 시의 윤리이다. 그리하여 4부에 배치된 자연시편들(「물방울이 맺혀 있는 동안」「꽃 지고 난 후의 연두」「개나리 울타리」)은 자연에 대한 예사로운 찬탄에서 피워 올린 시가 아니다. 주름의 시간을 뚫고 열린 찰나의 틈의 시간에 풀이 흙덩이의 어둠에서 여린 숨을 펴 올린 생명의 진경眞境이다. 시 「매몰지」는 틈의 시학이 완성한 생명의 진경이다. 시집 『낫이라는 칼』은 생명과 사물의 미분적 구원의 순간을 공손히 기다리는 사물주의자 김기택 시인의 진경산수이다.

풀이 땅에 구멍을 뚫고 있다
땅속에 숨통을 심고 있다

수백 개의 콧구멍이 흙덩이 숨을 들이쉬다가 멈춰 있는 곳 놀란 순간이 떨어지고 있는 흙으로 덮인 채 눈 뜨고 있는 곳 뒤틀리는 살덩어리와 흙 먹은 비명이 막힌 숨을 뚫고 나가려다 굳어 있는 곳 필사적인 꿈틀거림이 두꺼운 살갗에 숨구멍을 뚫다가 부러져 있는 곳 다 썩지 못한 가죽과 팔다리가 검은 핏물과 악취 가스가 되어 땅속을 발버둥으로 긁어대는 곳 한 삽 흙을 뜨면 두개골과 다리뼈가 뿌리처럼 우두둑 뜯겨 나올 것 같은 곳 봄이 되면 땅속을 긁는 발톱들 때문에 땅거죽에 소름이 돋는 곳 바람도 부스럼이 생겨 가려운 등을 나무와 바위에 비벼대는 곳 진저리 치던 뿌리가 맹렬하게 말라 죽어가는 곳

풀이 썩은 어둠에 푸른 파이프를 박고
여린 숨을 펴 올리고 있다

—「매몰지」 전문